燕赵秀林丛书·艺术

群英荟萃

燕赵秀林戏剧人才作品选

河北省戏剧家协会 编著

河北出版传媒集团

花山文艺出版社

河北·石家庄

图书在版编目（CIP）数据

群英荟萃：燕赵秀林戏剧人才作品选 / 河北省戏剧家协会编著. -- 石家庄：花山文艺出版社，2025.3. (燕赵秀林丛书). -- ISBN 978-7-5511-7441-1

Ⅰ．I230

中国国家版本馆CIP数据核字第2024WR6058号

丛 书 名：燕赵秀林丛书·艺术
书 　 名：群英荟萃——燕赵秀林戏剧人才作品选
　　　　　QUN YING HUICUI——YANZHAO XIU LIN XIJU RENCAI ZUOPIN XUAN
编 　 著：河北省戏剧家协会

出 品 人：郝建国
选题策划：李　彬
责任编辑：梁东方
责任校对：李　伟
美术编辑：陈　淼
出版发行：花山文艺出版社（邮政编码：050061）
　　　　　（河北省石家庄市友谊北大街330号）
销售热线：0311-88643299/96/17
印　　刷：石家庄海德印刷有限公司
经　　销：新华书店
开　　本：700毫米×1000毫米　1/16
印　　张：15
字　　数：150千字
版　　次：2025年3月第1版
　　　　　2025年3月第1次印刷
书　　号：ISBN 978-7-5511-7441-1
定　　价：58.00元

（版权所有　翻印必究·印装有误　负责调换）

序言

人才兴则事业兴、人才强则国家强，人是事业发展最关键的因素。文艺事业要实现繁荣发展，就必须培养人才、发现人才、珍惜人才、凝聚人才，培育造就大批德艺双馨的文学艺术家和规模宏大的文化文艺人才队伍，构建出成果和出人才相结合的工作格局。

为了进一步推动文艺人才培养和队伍建设，打造一支德艺双馨的文艺冀军，河北省坚持以习近平文化思想为指导，组织实施了文艺名家推出工程、中青年文艺人才"秀林计划"、文艺后备人才"春苗行动"、文艺名家情系河北"故乡创作计划"，构建起文艺人才培养的四梁八柱，形成了老中青梯次衔接、省内外交相辉映的文艺人才格局。在各界共同努力下，河北的文艺人才如雨后春笋般不断涌现，全省文艺事业呈现出蓬勃发展的繁荣景象。

作为中青年文艺人才"秀林计划"的重要内容，省委宣传部会同省文联、省作协开展了"燕赵秀林丛书"的编辑出版工作，将按照"一人一书"或者"一类一书"的原则，为我省优秀中青年人才出版代表性作品，并配套开展作品研讨、专场演出、展览展示和媒体宣传等活动，形成文艺人才培养、宣传、使用一体化格局，努力推动更多优秀中青年人才脱颖而出，在新时代的文艺道路上挑大梁、当主角。首批图书，将为11位青年作家各出版一部文学作品选集，并从戏剧、音乐、美术、曲艺、舞蹈、民间文艺、摄影、书法、杂技、影视、文艺评论等11个艺术门类中各遴选中青年艺术家代表，分别出版一部优秀作品合集。

  青年是事业的未来。只有青年文艺工作者强起来，文艺事业才能形成长江后浪推前浪的生动局面。希望此次入选的中青年优秀人才，能以出版"燕赵秀林丛书"为新的起点，再接再厉、接续奋斗，立足河北丰厚的历史文化资源，聚焦中国式现代化在河北可视可感可行的火热实践，创作推出更多充满时代气息、具有河北特色的精品力作。也希望全省的作家、艺术家们，既秉持学习前人的礼敬之心，更树立超越前人的竞胜之心，增强自我突破的勇气，迈向更加广阔的创作天地，努力攀登新时代文艺新高峰！

丛书编委会

2024 年 9 月

目录 CONTENTS

◎王　琼 ……………………………………………………………… 001
　　保定老调大型原创现代戏　春到龙泉庄 …………………… 004
◎孙　娜 ……………………………………………………………… 043
　　浅谈河北梆子《宝莲灯》中"三圣母"的人物塑造 ………… 046
　　《宝莲灯》剧照 ……………………………………………… 052
　　《白蛇传》剧照 ……………………………………………… 065
　　《打神告庙》剧照 …………………………………………… 070
　　《当家哥哥当家嫂》剧照 …………………………………… 072
　　《窦娥冤》剧照 ……………………………………………… 074
　　《杜十娘》剧照 ……………………………………………… 076
　　《好南关》剧照 ……………………………………………… 080
　　《荷花淀》剧照 ……………………………………………… 083
　　《花木兰》剧照 ……………………………………………… 085
　　《李慧娘》剧照 ……………………………………………… 088
　　《孟姜女》剧照 ……………………………………………… 091

◎郝士超 ··· 097
　　筑梦氍毹　感恩梨园
　　　　——梅花奖让我踏上了新的艺术旅程 ························ 100
　　《宝莲灯》剧照 ·· 107
　　《林冲夜奔》剧照 ··· 112
　　《瓦桥关》剧照 ·· 115
　　《野猪林》剧照 ·· 117

◎赵艳杰 ··· 125
　　《并蒂莲花》剧照及相关照片 ··· 128

◎翟　羿 ··· 139
　　音乐儿童剧　天天历险记 ··· 142

◎穆　兰 ··· 187
　　评剧现代戏　血色风华 ·· 190

（按中青年文艺人才"燕赵秀林计划"入选年份及姓氏笔画排序）

写作是一种快乐,也是一种挣扎。
我不是一个好的创作者,但我是一个
一直想会一直努力写作的人。
王琼

　　王琼,入选中青年文艺人才"燕赵秀林计划"。河北阜平人,供职于保定新闻传媒中心(集团)。保定市第十二届、十三届政协委员,中国戏剧家协会会员,河北省作家协会会员,保定市竞秀区戏剧家协会主席,保定市广告协会副会长,保定市首届文艺领军人才。在全国数十家报刊发表纪实、散文、诗歌、新闻作品达八百多万字,著有散文诗集《心泉》,工作之余专注于戏剧创作。《春到龙泉庄》为2019年河北省文艺精品扶持项目,荣获第十四届河北省精神文明建设"五个一工程"奖(戏剧类优秀作品奖)。

　　近年来,一直从事戏剧创作,以写现代戏见长,在接到《春到龙泉庄》的编剧邀请时,王琼觉得用老调写扶贫现代戏,难度很大。虽然自己也曾有过写一部扶贫戏的念头,走过不少的扶贫村,采访过多位驻村扶贫第一书记,但是那都是写新闻,要写戏曲,还需要做大量一线的采风、采访。

个人介绍

　　为了该剧的创作，王琼用了二十天左右的时间去阜平、唐县等地若干个扶贫点深入了解扶贫干部在农村的工作和生活状态。王琼认为，创作的第一目标就是要好看，如果观众不喜欢，本子写得再深刻、再有分量，都是编剧的孤芳自赏。在好看的前提下，再讲好一个动情的故事，她觉得这是最能打动人心的。

　　《春到龙泉庄》讲述的是阜平一个名叫"龙泉庄"的小山村，因其生存环境恶劣，村民行路难、上学难。但在全国、省、市、县的大力支持下，在扶贫驻村干部张玉凤的帮扶下，在龙泉庄村党委支部干部的积极配合下，他们艰苦创业，奋发图强，已经基本改变贫困面貌的真实故事。该剧以驻村干部优秀共产党人张玉凤为主角，讴歌作出卓越贡献的优秀共产党人带领大家凝心聚力，在脱贫攻坚战中所展现出的时代力量，激发人们观念转变，勇创业绩、共同脱贫致富迈进新时代的自信和热情。驻村第一书记张玉凤，摸清了村里的贫困户的情况，针对燕子家的真贫，谢老盼的算计和装贫，做了耐心细致的思想工作，让乡亲们对扶贫政策有了新的认识。

　　在这部剧中，为彻底改变龙泉庄村的贫困面貌，张玉凤调动村民积极性，不惜拿儿子的婚房抵押，为村里修路。一桩桩，一件件，张玉凤的行动深深地感动每一位乡亲。三年后，龙泉庄村发生了翻天覆地的变化，乡亲们载歌载舞庆贺着丰收的硕果……而驻村干部张玉凤在三年后即将离去的时候，接到上级领导的通知，不走了，全村一片欢呼。张玉凤表示，要做一支永不撤离的扶贫工作队，继续为龙泉庄的发展作贡献。

"天寒地冻盼春暖，温馨号角震长空""不忘初心人为本，造福人民献终身"……脚下有泥土，心中有力量，一句句唱词，饱含贫困地区人民的艰难与党和政府脱贫攻坚的扶贫决心。质朴激越、雄浑宽厚的老调唱腔配上干净利落、精彩绝伦的武生动作，赢得了现场观众的阵阵掌声。

《春到龙泉庄》这部作品艺术特色鲜明，清新悦耳的音乐，加上老调唱腔的委婉高亢，一下子拉近了老调现代戏与观众的距离。其中，编剧的力量贯穿始终，将扶贫意义、扶贫成就如画卷般铺陈展开，让扶贫干部"敢于担当，一心为民"的形象，鲜活可亲地展现出来。

从事戏曲创作五年来，王琼从最初的为兴趣而写作转变到自觉肩负着一种文化传承的使命。王琼说，在她心中，中国戏曲恰如一座年代悠远的花园。刚踏入时，新奇地打量着前所未见的风景，随着步伐的前进，或许某天，园外繁华热闹的声响，会让她觉得园中花木石鸟、亭台楼阁失了颜色。但是，当沉心静气继续行走，却发现这座花园里蕴藏的匠心与灵韵。王琼表示，作为新时代青年戏曲编剧，在遵循中国戏曲传统的基础上，进行守正创新，是非常有意义的事情。

作品

保定老调大型原创现代戏

春到龙泉庄

人 物　张玉凤　女　49岁　某银行驻龙泉庄村精准扶贫第一书记

　　　　　陈文利　男　46岁　龙泉庄村党支部书记兼村委会主任

　　　　　董事长　女　51岁　某银行党委书记、董事长

　　　　　周行长　男　53岁　某银行行长

　　　　　李秀芝　女　41岁　宝军的妻子

　　　　　燕　子　女　16岁　宝军的女儿，初中生

　　　　　奶　奶　女　70岁　宝军的娘

　　　　　香云嫂　女　48岁　农村妇女

　　　　　卫　忠　男　38岁　龙泉庄村委委员、会计

　　　　　谢老盼　男　60岁　龙泉庄村赤脚医生

　　　　　马凤兰　女　58岁　谢老盼妻子

　　　　　李　义　男　32岁　村委会班子成员

　　　　　顾　海　男　29岁　村委会班子成员

　　　　　佳　佳　男　26岁　张玉凤儿子

　　　　　村民若干

序　　幕

〔天空乌云密布，电闪雷鸣，风雨交加。龙泉庄村第一书记张玉凤和龙泉庄村党支部书记兼村委会主任陈文利带领几个村干部，巡查街道下水情况。

〔另一边，在工地上被砸伤的村民宝军，在风雨中艰难地修补着漏雨的房子。忽然，宝军"啊"的一声倒了下去。燕子撕心裂肺地喊了一声"爸"，李秀芝呼喊"宝军"。

〔张玉凤等人急忙冲进宝军家，燕子从屋里跑了出来。

燕　子　爸！

〔奶奶急匆匆踉跄地冲到张玉凤身边。

奶　　奶　救人哪，救人哪……

张玉凤　大娘，出什么事了？

奶　　奶　宝军摔伤了！前些时候，宝军在工地上被砸伤，今天下雨房子漏了，他去房上修房顶，没承想房顶塌了！宝军摔下来，头碰到了石头上！

张玉凤　赶紧找车送医院！

陈文利　张书记，找车也没用呀，咱们这儿的小山路，车根本就上不来。

奶　　奶　这可怎么好！这可怎么好啊！

〔谢老盼拿着带血的纱布跑上。

谢老盼　张书记，宝军身体不好，再加上伤势严重，我……我也没办法了。

张玉凤　快，卫忠，你赶紧去找平板车，往山下送人！

卫　　忠　好！

〔卫忠下场。

张玉凤　顾海，你赶紧去给乡卫生院打电话，让他们准备救人！

顾　　海　好！

张玉凤　等等，看他们能不能找个车在山下等着！

顾　　海　好，我马上去！

张玉凤　李义，你赶紧找几个人把宝军家房子修好！

李　　义　好！

〔李义带着奶奶、燕子下场。

卫　　忠　张书记，车来了！

张玉凤　快，送宝军去卫生院！

〔众人把宝军抬上车，一行人冒着风雨，在泥泞的小山路上艰难地行进。

顾　　海　张书记，乡卫生院的车已经在山下了！

张玉凤　好！快！快走！

〔众人抬起宝军急速向前。

众　（合唱）风雨交加天昏暗，

　　　　　　山路泥泞步履艰。

　　　　　　血洒荒野命一线，

　　　　　　但愿苍天将人怜！

第一场　重大决定

〔荒野，阴云密布。

张玉凤　（满脸惆怅）

　　　　（唱）贫苦人遭惨变天塌地陷，

　　　　　　眼前这凄惨景撼人心弦。

　　　　　　龙泉庄贫困程度实罕见，

　　　　　　为什么乡亲们如此艰难？

　　　　　　路不畅制约经济难发展，

　　　　　　路不畅致使村民出行难。

　　　　　　路不畅延误救治伤人命，

　　　　　　路不畅山里山外两重天。

　　　　　　看起来打通山路是关键，

　　　　　　找症结解难题我责任在肩。

　　　　　　眼前这人间悲剧不能再上演，

　　　　　　不能让乡亲们再受熬煎。

　　　　　　国家的扶贫号角已吹响，

　　　　　　定能让乡亲脱贫，山村变样，幸福路上把手牵！

（舒缓音乐）

〔这时候，奶奶、李秀芝、燕子手提竹篮，竹篮里装着香纸，从幕后出来，走到台前。

奶　　奶　张书记……

张玉凤　大娘？你……（看着奶奶篮子里的东西）

奶　　奶　今天是宝军头七，我们来给他上坟。张书记，我看你啊，天天在这小路上转。你这是？（音乐止）

张玉凤　大娘，进村的这条小路太耽误事儿了。

奶　　奶　就是这该死的路，要了我儿的命（哭）

张玉凤　大娘……

奶　　奶　我那可怜的儿啊！（哭）（唱腔起）

燕　　子　奶奶……（哭着抱住奶奶）

张玉凤　大娘……

奶　　奶　（唱）山里人苦扒苦拽度光年，

　　　　　不求福不求贵只求平安。

　　　　　为什么这可怜的愿望也不能实现？

　　　　　为什么人活着这样难？

　　　　　宝军他是我们全家的指盼，

　　　　　谁料想他撒手人寰塌了天。

　　　　　老天爷呀，你为何不开眼？

　　　　　撇下我们老弱病残怎活世间？

张玉凤　大娘……（转身走到哭泣的秀芝身边）人死不能复生。你要保重啊！秀芝，你一定要坚强起来，照顾好大娘和燕子。

陈文利　张书记！张书记！

张玉凤　陈主任！

陈文利　大娘、秀芝，你们也在？（示意卫忠拿出救助款给燕子一家）

卫　忠　大娘，这是咱们村委会给你们的一点儿救助款，你们先拿着！燕子，来拿着。

奶　奶　张书记、陈主任，我们家的事让你们操心了。

陈文利　应该的。

张玉凤　大娘，以后家里有什么事，就和陈主任我们说。

奶　奶　嗯嗯。

李秀芝　你们先忙，我们回去了。

张玉凤　（目送三人下场，自言自语）龙泉庄不能再这样穷下去了！

陈文利　是啊！龙泉庄真的太穷了，过不上来的何止宝军这一家呀！你再看看这村里的街道，晴天一身土，雨天一身泥，鸡鸭鹅满街跑，到处是粪便！

张玉凤　环境要治理，危房要改造！现在，我们首先要做的是修路！

卫　　忠　修路？

张玉凤　对！问题就在这儿！因为这条路，招商引资不能推进；因为这条路，咱们的农产品眼巴巴烂在地里；因为这条路，耽误过多少病人啊！（哽咽得说不下去）咱要狠下一条心，拓宽这条路，让城里人把汽车开进来，饮山泉水，吃农家饭，住古民居！广开门路，招商引资，让我们的特色农产品走出去，走向全国，走向全世界！这是一条心路，是一条脱贫路，是一条致富路！

（唱）急需修通致富路，

　　　圆梦征程走大同。

　　　精准扶贫沐春风，

　　　时不我待势必行。

　　　不忘初心汗水洒，

　　　描绘蓝图映彩虹！

陈文利　（激动地）张书记，你说得太好了！

卫　　忠　可是，村里实在是太穷了，拿不出钱来呀！

张玉凤　修路的事刻不容缓！（略思索）走，我们回村委会研究研究。

陈文利　好！

〔三人急匆匆下场。

（灯暗）

第二场　母子连心

（欢快的音乐）

〔张玉凤家，佳佳兴高采烈地拿着结婚照欣赏，寻找挂照片的合适地方。张玉凤心事重重地上场。

张玉凤　（唱）此一番回行里汇报实情，
　　　　　　　行领导很重视提上日程。
　　　　　　　只可惜董事长出差不在难决定，
　　　　　　　玉凤我心急如焚无章程。
　　　　　　　龙泉庄修路事急不容等，
　　　　　　　我定要想办法筹措资金将修路进行。
　　　　　〔佳佳看见妈妈进来，把结婚照藏起来，迎了出来。

佳　佳　妈，您回来了。

张玉凤　佳佳，你自己在家吗？你爸呢？

佳　佳　我爸出差了。

张玉凤　噢！（若有所思，心不在焉）
　　　　〔佳佳倒杯水递给张玉凤。

佳　佳　妈，妈！来，快坐下。

张玉凤　儿子，最近见瑶瑶了吗？

佳　佳　见了！她父母催我们结婚呢！（音乐结束）妈，我们的婚房
　　　　什么时候装修啊？

张玉凤　（正喝水呢，忽然放下水杯）装修？婚房？

佳　佳　是啊！妈，这房子装修也得好几个月，好多事儿呢。这是我
　　　　们的婚纱照，刚拿回来，您看看，怎么样？拍得还行吧？

张玉凤　（心不在焉，在想事）噢！噢！好看，好看！

佳　佳　妈，您这连看都没看，就说好看，想什么呢？

张玉凤　（唱）修路事不能实施心内急，
　　　　　　　听儿言灵机一动有主意。
　　　　　　　如能把结婚事暂时延缓，
　　　　　　　押婚房来贷款解决难题。
　　　　　　　（白）佳佳！

佳　　佳　妈，怎么了？

张玉凤　（欲言又止）儿子，没事。

张玉凤　儿子，我觉得瑶瑶刚读研，你们再过两年结婚也行。

佳　　佳　妈，我都二十六了……您今天到底是怎么了？

张玉凤　今天妈妈遇上点儿事儿，想和你说，但又不知怎么和你开这个口。

佳　　佳　妈，您就说呗！

张玉凤　儿子，妈妈驻村帮扶的那个村子，是一个"地无三尺平，人无三分银；日出要抗旱，下雨要防洪"的贫困村。前几天一个晚上，那里下了场大雨，一个村民为了修房子被摔成了重伤。

佳　　佳　啊！赶紧送医院呀！

张玉凤　送了，可从村里到公路还有十几里地，再加上原本只能走一个小平车的小山路，又遇上暴风雨，寸步难行，当我们顶风冒雨把他送到医院……由于他身体本来就有病，再加上山路难行，错过了最佳抢救时间……

佳　　佳　啊？怎么会有这样的事？妈！（扶妈妈坐下）

张玉凤　如果不是路难走，宝军……所以，必须要修路！（音乐停）

佳　　佳　对，妈，您说得对！一定要修路！

张玉凤　儿子，妈妈需要你的支持啊！

佳　　佳　妈，我坚决支持修路！

张玉凤　那好，我要用你们的婚房贷款修路！

佳　　佳　妈，您要用我的婚房贷款修路？我没听错吧？

张玉凤　没错，儿子！

佳　　佳　不可能！

张玉凤　儿子，我想房子抵押不影响你结婚。再说，等修路的事忙完了，我才能抽出时间给你们操持婚事呀！

佳　　佳　　妈，您不用说这些。您想给村里修路做事我都支持，没意见，可是您不能为了修路影响我的生活吧？

张玉凤　　怎么会影响你的生活？

佳　　佳　　您拿我的婚房去抵押贷款，您让我推迟婚期。为了您的工作，连儿子的人生大事都不顾了！您……您这不是影响我的生活吗？

张玉凤　　儿子……儿子，妈妈是为了工作。

佳　　佳　　您每天就知道工作，工作！从小到大，您管过我多少？我中考您不在家，我高考您在加班……

张玉凤　　儿子，我……

佳　　佳　　现在我毕业了，参加工作了，您又下乡去扶贫，一天到晚看不到您。家里的事儿，您不管，一心想的就是那个龙泉庄。这都没关系，我知道这是您的工作，我理解您，我也从来没有怪过您。可……妈，您竟然为了修路，要拿我的婚房抵押贷款？

张玉凤　　儿子，妈妈在那里扶贫，我是那里的第一书记，让他们脱贫致富是我的责任呀！

佳　　佳　　他们脱贫致富是您的责任，难道您对儿子没有责任吗？难道让儿子成家立业不是您的责任吗？您为了他们就可以不管儿子，可以不管这个家？

张玉凤　　佳佳，你是成年人了，你应该理解妈妈，支持妈妈的工作！

佳　　佳　　怎么？您对我不满意？我成了您的累赘了是吧？妈，您高尚，您伟大，您去爱您的龙泉庄吧！（音乐停）用我的婚房抵押贷款，休想！他们修不修路和我没有关系，和我没有关系，和我没有关系！

张玉凤　你……（一气之下，打了儿子一巴掌）（唱腔前奏起）

佳　佳　妈，从小到大，您从没打过我！今天为了您的工作，竟动手打我。好！您为了工作不要儿子了，我走，我再也不回这个家了！（扭头摔门而去）

张玉凤　佳佳……儿子……（失手打了儿子，一直没缓过神来）

（唱）一时生气头发蒙，

打在了儿身疼在娘心中。

见佳佳怒冲冲摔门而去，

我心中似潮水激烈翻腾，

平日里孩儿他听话温顺，

懂道理守本分学业有成。

因工作我对他缺少关爱，

未尽到娘疼儿人之常情。

为人母多年来对他有愧，

不该把自己的困难让他来担承。

细思量孩儿他并无过错，

只是这修路事心思火烹。

儿伤心娘心痛如何面对，

龙泉庄修路事怎样进行？

我不能两手空空回村去，

不能看乡亲们失望神情。

前思后想主意定，

抵押婚房事必行。

为大爱舍小爱权衡轻重，

打响脱贫攻坚战成竹在胸。

（灯暗）

第三场　拆迁风波

（灯亮）

〔谢老盼家，远处是正在修路的场景。

谢老盼　老伴儿，今天又收入了九块七。

马凤兰　哈哈！

谢老盼　（唱）老盼我今年六十整，
　　　　　一辈子算盘打得精。
　　　　　两个儿子已各过，
　　　　　出门在外去打工。
　　　　　只剩我们老两口，
　　　　　日子不富还能撑。
　　　　　现如今村里修路拆迁把土动，
　　　　　说什么发展旅游整村容。
　　　　　村委会三番五次来找寻，
　　　　　说服我拆旧房把地来腾。
　　　　　救济款不给我心中恼恨，
　　　　　这一次我定要堤外损失堤内来补清！

（坐在凳子上）

马凤兰　老头子，你说咱们这胳膊能拧过大腿啊？村委会一天来咱家三回了，就冲他们这劲头，你不同意搬迁，他们能把咱家门槛给踢破喽！

谢老盼　老伴儿，我就是要让他们来回跑。现在知道来求我了，当初发救济款的时候，怎么不想着给我呀？这一次，我非让他们出血！

马凤兰	嘿！老头子，可真有你的，还是你脑子好使。
谢老盼	那是，别忘喽，我的外号叫"小算盘"！
马凤兰	看把你能的。
谢老盼	你就瞧好吧。

〔张玉凤上场。

张玉凤	老盼叔！
马凤兰	呦！是张书记呀？你怎么有空来我们家里了？
张玉凤	婶子！
谢老盼	张书记，请进！
张玉凤	（进屋坐下）老盼叔，我来龙泉庄也有些日子了，我们始终也没坐下来好好聊一聊。
谢老盼	知道张书记忙！
马凤兰	忙，忙……
张玉凤	老盼叔，我是真没想到咱们村条件这么差，乡亲们的日子这么难。
谢老盼	是啊，祖祖辈辈都这么过来了，难呀！
张玉凤	我始终忘不了宝军去世的那天晚上。老盼叔，如果不是这条路，宝军也许不会……
谢老盼	唉，这也是他的命，没法子。
马凤兰	没法子。
张玉凤	老盼叔，你看咱们县是红色革命圣地，龙泉庄又有着得天独厚的自然生态环境，所以，我们应该借助党的好政策，借鉴旅发大会的成功经验，把我们村打造成一个特色旅游区。老盼叔，现在投资商想在咱们村建箱包厂，也是因为道路问题，始终还没跟咱们签合同。还有大家种的这些土豆什么的，因为交通不便，很多都烂在了地里。所以呀，老盼叔，这条路

是必须要修呀!

(唱)龙泉庄偏远山区十年九旱,

条件苦收成多少全靠老天。

乡亲们想致富谋求发展,

年复一年望眼欲穿。

大叔啊,

你看那杂草丛生满地堰,

你看那终日辛劳度日难。

你看那暴雨来临房屋塌,

你看咱政府救济多少钱。

怎不能透过表象看实质,

找出问题挖穷源。

大叔你放眼看一看,

路不通才是制约发展一道关。

现如今修路施工已开展,

望你配合快拆迁。

张玉凤下决心把乡亲们命运变,

扶贫路修不通我决不回还!

谢老盼 张书记,你说得真好,修路是好事儿,我大力支持!

张玉凤 (一惊)老盼叔,你支持修路了?

谢老盼 (装腔作势)当然呀,我支持,支持修路!

张玉凤 (惊喜)那好,我让村委会安排人帮你搬家!

谢老盼 哎?搬家?我什么时候说要搬家呀?

张玉凤 你刚才不是说支持修路呀?

谢老盼 我支持修路,是真;不搬家,也不是假的!

张玉凤 你……

谢老盼　我也不是不搬，只是……（想提救济款的事，又说不出口）

张玉凤　什么？

谢老盼　只是，我有我的困难，张书记。

　　　　（唱）房屋虽破家清贫，

　　　　世代在此来生存。

　　　　难舍这一草和一木，

　　　　片瓦寸土汗水浸。

　　　　而今已到花甲年，

　　　　生死不愿离家门。

张玉凤　老盼叔！

谢老盼　张书记，（欲言又止）我从小在这房子里长大，这是俺们祖祖辈辈的根呀！（忽然神神秘秘地走近张玉凤）

张玉凤　老盼叔！

谢老盼 张书记,我爷昨天夜里都给我托梦,他说:"孙子哎,这房子风水好,坚决不许搬!谁要是敢拆咱家房子,咱家八辈儿祖宗一块儿来整他!"

张玉凤 怎么?有这事儿?

谢老盼 张书记,我可不唬你,这老房子是我家的风水,是真的不敢动啊!

马凤兰 张书记!(拉着老伴儿进屋)

谢老盼 张书记,不送了——

〔张玉凤凝神望着谢老盼下去的方向,沉思。

(灯暗)

第四场 指挥谋划

〔村委会办公室。卫忠和陈文利低声谈论着。张玉凤急匆匆走上,进门端起水杯猛喝水。

陈文利 张书记,你这是干吗去了?渴成这样!(笑)

张玉凤 我刚从谢老盼家回来,被噎住了!(三人对看,忽然笑)

卫　忠 张书记,你去找谢老盼了?连你也没做通他的思想工作?

(张玉凤无奈地摇摇头)

陈文利 这个自私自利的家伙,就知道要钱,都钻到钱眼儿里了。

卫　忠 你敢惹你这个丈叔吗?

陈文利 他还能把我吃了?也就是有这层关系,我不好和他掰开面子。他呀,老财迷,平常我也懒得理他。

张玉凤 我看他人也不坏,是村里的赤脚医生,谁家有事了也跑前跑后的,他可能对救济款的事儿耿耿于怀。陈主任,想办法和他解释一下,让他了解扶贫政策,放下心结,支持修路。

陈文利　好的！我这个老丈叔啊，就是个鬼难拿！

〔陈文利欲下场，李义急匆匆地跑上。

李　义　陈主任！（看了看张玉凤，不好意思说）

陈文利　什么事儿啊，说吧。

李　义　工程队……停工了。

张玉凤　停工？

李　义　是啊，材料款用完好几天了，材料不到位，施工队就停了，要撤离。

张玉凤　不能让他们走！

李　义　他们说有工程等着呢，拦不住哇！

陈文利　走，看看去！

〔董事长等人走来。

董事长　玉凤！

张玉凤　董事长？

董事长　你们都在呀！我看村外的路修得差不多了。

张玉凤　董事长。

董事长　玉凤啊，我去开了个会，你就不能等等啊！还把儿子的婚房给抵押了？不要家？不要儿子了？（笑）

张玉凤　董事长，我也是急坏了。

董事长　孩子是我们的未来，是我们的希望，咱不能伤孩子的心呀！哦，房子已经给你赎回来了，遇到特殊问题，我们可以特事特办，不能让你抵押房子来扶贫呀！

张玉凤　谢董事长！

陈文利　董事长！

〔卫忠赶紧拉陈文利，示意他不要说。

董事长　这是怎么了？

陈文利　遇到困难了。

〔卫忠又赶紧拉陈文利，示意他不要说。

董事长　是不是资金的事呀？来的时候，我已经看到了。工程队停工了，说是资金短缺，材料跟不上。

张玉凤　一心抓进度，忽略了资金问题，没想到这么快钱就花完了，（有点儿不好意思）是我考虑不周。

董事长　我这次来，就是要通知你们，你们的资金已经批下来了，马上到位！（众人惊喜）

众　太好了！

〔陈文利激动地抓住董事长的手。

陈文利　董事长，你就是我们的及时雨呀！

董事长　修路的事，咱们的市委书记、市长非常支持，行里已经决定了，要给你们加大扶持力度。不光是修路，还要把整治村容村貌、拆迁补偿一起纳入进来，让乡亲们早日脱贫致富，让

龙泉庄成为青山绿水的美丽乡村！（大家鼓掌）

（唱）总书记指引航程，

精准扶贫来推行。

天寒地冻盼春暖，

温馨号角震长空。

全市上下齐上阵，

党员干部结穷亲，

结对帮扶保精准。

不脱贫困不收兵。

二〇二〇是节点，

脱贫时间定得清。

各级领导来推进，

早传捷报建新功！

众　　　董事长，您说得太好了！

陈文利　我们已经向党旗宣誓了，必须做好基层群众工作，决不能影响脱贫攻坚的进度。

董事长　太好了，你们放手去干，需要资金由行里支持！（众人鼓掌）

陈文利　我代表龙泉庄全体村民，谢谢董事长！感谢我们的党！（激动地握住董事长的手）

（灯暗）

第五场　雪上加霜

〔茫茫大山，崎岖山路，天色昏暗。

李秀芝　（内唱）卖完山货回家转！

（上场）天色晚，山路险，

身体疲惫腿发颤，
腹中饥饿步履艰难。
家不幸遭惨变无有指盼，
靠山倒靠水流靠船船翻。
娘有病女幼小需要照管，
生活的千斤担压在双肩。
怎能忘张书记将我开导，
怎能忘众乡亲将我帮搀。
我必须忍悲痛挺起腰杆，
强支撑将家庭重任来担。
有核桃和大枣家里自产，
今一早去镇上变卖换钱。
欣喜今日生意好，
两筐山货全卖完。
换来了希望心中暖，
换来了家中救命钱。
脚步急急往家赶，
滑落坡下头眩晕……
〔李秀芝一不小心摔下了山坡，艰难地往上爬。
（灯暗）
（灯亮）
〔黄昏，燕子家，家徒四壁。李秀芝头缠绷带躺在病床上。

奶　　奶　秀芝，别动，别动！
李秀芝　娘，我没事儿。
奶　　奶　秀芝啊！（搀扶秀芝躺下，端起碗）我给你做了一碗热汤面，快趁热吃吧。

李秀芝　娘，我吃不下。

奶　奶　孩子，宝军走了，你为了养这个家，起早贪黑地种地，还要背着大枣、核桃跑十几里山路去赶集，你是太累了，才摔下山坡呀！

李秀芝　娘，秀芝不孝，没让你吃好穿好，还让你跟着担惊受怕。

奶　奶　孩子，自从你来到这个家，都是吃苦受罪了。如今宝军走了，娘也老了，以后这个家啊，就指望你了。

李秀芝　娘！你放心吧，张书记说了，有政府在，咱们的日子啊，一定会好起来的。

奶　奶　好，好，孩子，赶紧把这碗面吃了吧。（叹着气慢慢走下）

〔燕子走上，犹豫着不敢进屋。

奶　奶　（内）秀芝，秀芝！（拿着书包急匆匆上）燕子她没去上学？书包还在家里呀！

李秀芝　燕子她没去上学吗？（强挣扎着爬起来）

奶　奶　燕子去哪儿了？天这么晚了，还没回来。（手足无措）燕子要是有个三长两短，我也就不活了。

李秀芝　娘，你先别着急。噢！快去找张书记，让她帮忙给学校打个电话问问。

奶　奶　好，好，我去找张书记。燕子要是有个三长两短，我也就不活了。（出门看到燕子）

燕　子　奶奶！

奶　奶　燕子，你去哪儿了？你可把奶奶吓死了。（拉着燕子进屋）

李秀芝　燕子，你去哪儿了？

燕　子　我去县城了！

奶　奶　燕子，你去县城干吗去了？

燕　子　我……

李秀芝　你不去上学，去县城玩儿了？（挣扎着站起来）

燕　子　妈，我没有，我是……

奶　奶　燕子，你到底是干什么去了？

燕　子　我……

奶　奶　你快说呀！

李秀芝　你是不是有事儿瞒着家里，快说呀，你想急死妈妈呀！

燕　子　妈……

奶　奶　燕子……

燕　子　妈，奶奶……

　　　　（唱）一场雨淋塌了咱家的老屋顶，

　　　　　　　爸爸他修房摔伤耽误救治命丧生。

　　　　　　　从此燕子失父爱，

　　　　　　　从此家中无笑声。

　　　　　　　妈妈呀，你可知我梦中千回思父亲，

　　　　　　　醒来泪水湿衣襟。

　　　　　　　现如今妈妈摔伤奶奶多病，

　　　　　　　燕子我看在眼里疼在心中。

　　　　　　　我怎能再把书来念，

　　　　　　　就应当把家中的重任担承！

奶　奶　燕子，咱们再穷也不能耽误你上学啊！

李秀芝　燕子！

　　　　（唱）虽然是祖孙三人日子苦，

　　　　　　　别怕坎坷与困难。

　　　　　　　鼓足勇气用智慧，

　　　　　　　让那坎坷变平坦。

燕　子　妈！

（唱）我要让您松口气，

我要让您少负担。

女儿已经十六岁，

帮家解难理当然。

我定要辍学打工去，

望妈妈、奶奶莫阻拦。（哭）

李秀芝　燕子，你……（生气）

奶　奶　燕子，你别胡思乱想，一定要好好读书，妈妈和奶奶全指望你了。

燕　子　奶奶，我不去上学了！

李秀芝　你敢！（强压怒火）

燕　子　妈，我一定要退学！

奶　奶　你……

燕　子　我已经找好了工作，明天就去县城上班！我要挣钱养家，我要养奶奶，我要养妈。我说到做到！

李秀芝　你……（气愤地打了女儿一巴掌）

（唱）燕子燕子你忒任性，

好言相劝你不听。

妈妈求你把学上，

燕　子　妈……（焦急地）

李秀芝　（接唱）完成学业不能停！

燕　子　妈！我要照顾您，我不去上学了！

李秀芝　（唱）今日你若不去把书来念，

我一头碰死在家中。

燕　子　妈……（抱住了妈妈）妈，我去上学，您别这样了！妈……我怕……我怕……（抱住妈妈哭喊着）

奶　　奶　燕子……

燕　　子　奶奶……

奶　　奶　（唱）你爹娘人忠厚心实勤俭，
　　　　　　　一辈子没走出这荒凉深山。
　　　　　　　山里人眼光浅世面少见，
　　　　　　　石缝里刨食只顾吃穿。
　　　　　　　给你起名叫燕子，
　　　　　　　盼望你念好书飞出大山。
　　　　　　　燕子你果然争了脸，
　　　　　　　中考成绩在前三。
　　　　　　　你就是家中的希望和指盼，
　　　　　　　你娘她再苦再累也心甘。
　　　　　　　燕子呀！
　　　　　　　家中的事儿你莫管，
　　　　　　　政府一定会帮咱。
　　　　　　　只要闯过眼前这道坎，
　　　　　　　好日子就会在眼前。
　　　　　　　发奋读书莫迟慢，
　　　　　　　考大学改变命运把身翻。

燕　　子　奶奶，我知道了，我听妈妈的话。

奶　　奶　好，好，真是好孩子。

〔张玉凤走上。

张玉凤　（进屋）大娘，秀芝，你们这是怎么了？

燕　　子　（一下子扑向张玉凤怀抱）阿姨……

张玉凤　到底怎么回事？

燕　　子　阿姨，我爸爸走了，奶奶老了，妈妈又摔伤了，我要打工挣

钱，养活我奶奶、我妈。（哭）

张玉凤 （抚摩着燕子的头，安慰）燕子，奶奶和妈妈我们会照顾的，你就放心去上学吧。大娘，秀芝，有政府在，有我们在，不会让燕子失学的，也不会让咱们村任何一个孩子再失学。

张玉凤 大娘，我们扶贫工作决不能落下一个贫困地区、一个困难群众，这是我们的责任。

（唱）山连山根连根，

党和人民心连心。

不忘初心民为本，

造福人民献终身。

脱贫扶困千古事，

拳拳之心情殷殷。

现如今和谐社会新风尚，

　　　　　　"两不愁三保障"一同向前奔！

　　　　　　燕子，你要好好上学，走出大山，将来为家乡的建设作贡献呀！

燕　　子　（点头）阿姨，我一定好好上学。

张玉凤　　嗯，这才是好孩子。（面向秀芝）秀芝，我这次来就是要告诉你，等咱们村把路修通了，村里的箱包厂就办起来了，到那时，你就可以去箱包厂上班了。

李秀芝　　我干得了吗？

张玉凤　　干得了，别人能干，你怎么就不能干？

李秀芝　　那行，张书记，我一定去。

张玉凤　　好！

燕　　子　妈妈……奶奶……

　　　　　（灯暗）

第六场　观念转化

　　　　　〔大街上，村里一群女人在七嘴八舌侃大山。

众　　　（说唱）闲来无事大街侃，

　　　　　　东西南北吹破天。

　　　　　　东家长，李家短，

　　　　　　男女之事唠得欢。

　　　　　　听说扶贫要建档，

　　　　　　没有我家心不甘。

马凤兰　　定找书记评评理，

　　　　　　给我说出个一二三。

妇女甲　　哎，凤兰婶子，你干吗去呀？

马凤兰　听说这次扶贫工作队又给几户发放了救济款，不知道都给了谁？我呀去找他们问问！

妇女乙　反正没给我家，听说小燕家最多，给了一万块呢！

妇女甲　你说人家怎么那么有福气呢！每次都有人家，平白落那么多钱。

马凤兰　哎呀！你看人家怎么长着呢，又年轻，又会哭，谁见了不心疼啊！啧啧啧啧，哭天抹泪地就来钱，这钱来得容易呀！

妇女乙　小燕家也确实可怜，男人死了，剩下的老的老，小的小，日子真没法儿过。

马凤兰　谁不可怜啊！你不可怜？你不可怜？不都这样吗？

众　　　是呀！

妇女甲　凤兰婶子，这修路拆迁就剩你一家没搬了，你们还真打算扛到底呀？

马凤兰　按说拆旧建新是好事儿，谁不愿意住新房啊？可你说我们家的情况，也该够着个贫困户吧？扶贫款就是没我家的，这事儿是扶贫工作队办的，我就是要让他们给个说法！

妇女甲　也是！

〔香云嫂和李秀芝上。

妇女乙　香云嫂、秀芝，你们这是干吗去呀？

香云嫂　咱们村已经和箱包厂签合同了，正在建厂呢，我们去看了看，想去厂里上班，你们去吗？

妇女乙　我们可干不了，在家还得给孩子做饭，还得喂猪，喂鸡……

妇女甲　地里的活儿也得干呀！

马凤兰　我们可干不了！老辈人讲话："嫁汉嫁汉，穿衣吃饭。"家里的男人是出去挣钱的，女人就是在家看孩子做饭的。

李秀芝　时代不同了，老观念该改改了。男人能干的事儿，咱们女人照样能干！

马凤兰　女人还上什么班啊！哭哭鼻子，抹抹眼泪，装可怜就来钱了！你上的那是什么班呀！

李秀芝　你！

马凤兰　我怎么了？我说得不对吗？（逼着李秀芝后退）

香云嫂　马凤兰，你说的什么屁话！

　　　　（唱）你休要满嘴喷粪胡叽歪，

　　　　狗嘴里吐不出象牙来。

　　　　秀芝她自强自立是榜样，

　　　　你纯粹胡思乱想瞎疑猜。

马凤兰　（唱）香云你瞎插嘴不分好歹，

　　　　村里事儿我比你看得明白。

　　　　扶贫款为什么不给你我，

　　　　里边的小九九你就不用猜。

香云嫂　（唱）小燕家特困户在那儿明摆，

　　　　难道你心里瞎眼也睁不开？

　　　　扶贫款给她家合情合理，

　　　　何来的扶贫不公该与不该。

　　　　（白）你就说说你们家，村里修路，人家都拆了，就你们家不拆，不就是想多要拆迁款吗？还要点儿脸不？

马凤兰　你说谁不要脸？

香云嫂　就说你了！

马凤兰　你才不要脸！

香云嫂　你不要脸！

　　　　〔陈文利上场。

陈文利　住手，吵什么吵？不嫌丢人啊！

马凤兰　陈主任，香云她骂人。

香云嫂　你就该骂。

马凤兰　你就该骂。（马凤兰欲言，被陈文利制止）

陈文利　好了好了，婶子，你说话夹枪带棒的，还有一点儿素质没有？香云你骂人也不对，有理说理，怎么能骂人呢！

妇女甲　陈主任，我就是想问问，这救济款的事儿，也该有我们的份儿了吧？

妇女乙　是啊！就是轮，也轮到我们了吧？

陈文利　婶子，乡亲们，听我说！

（唱）扶贫对象有规定，

不能随意来执行。

村民填表先申请，

程序步骤要分明。

公告公示镇核审，

精准识别分得清。

真脱贫，脱真贫，

书记县长来叮咛。

三级会审来把控，

哪有偏差与不公。

望你们别再死盯救济款，

转变观念激发动力内心生。

守清贫本身不光彩，

劳动致富才光荣！

香云嫂　说得好！（众人相互嘀咕）

陈文利　怎么？你们还不信呀？你说说你们这些人！人家张书记为了扶贫，起早贪黑，进村入户，调查走访，精准识别，制订脱贫计划……为了使咱们村尽快修好路，把儿子的婚房都拿去做抵押贷款了，你们还在这儿瞎嚷嚷！

妇女乙　这是真的？

陈文利　那还有假？人家图啥呀？她就是想让咱们村摘掉穷帽子，让大家过上好日子，让咱们村早日富起来！

众　张书记真是个大好人呀！（众人议论）

群众乙　马凤兰！赶紧把你们的房子拆了吧，就剩你们一家了。

众　是呀！快拆了吧！

陈文利　婶子，你回去了好好劝劝我老叔。咱们村能不能致富，就看这条路能不能修通了。你们老这么顶着，这不是挡着咱们村脱贫致富吗？

众　就是呀！

马凤兰　这……那死老头子，他也不听我的呀！

众　劝劝吧！

马凤兰　行！我试试！（下场）

陈文利　乡亲们，等咱们把这条路修通了，咱们的箱包厂就开工，大家都可以去厂里上班。让每一个村民都富起来，脱贫路上决不落下一个人！

众　好！（鼓掌）

妇女乙　陈主任，我们听你的，明天我们去报名，到厂里上班。

妇女甲　明天我们也去厂里报名上班。

陈文利　好！

李秀芝　陈主任，你忙，我们先回去了。

〔谢老盼扛着锄头走来。

陈文利　叔！

谢老盼　噢，文利呀！

〔谢老盼走过来，放下锄头，二人坐在地上。陈文利掏出了烟，递给谢老盼一颗。

陈文利　　叔，你这是刚下地回来了？

谢老盼　　是呀！唉！玉米、土豆子丰收了，可这眼看着都要烂在地里了。哎，愁死人呀！

陈文利　　张书记已经在为咱们的农产品找销售渠道了。

谢老盼　　什么？张书记给找销售渠道？不可能，她怎么能给我找销售渠道？

陈文利　　张书记为了咱们村，也是费尽了心呀！

谢老盼　　你说她好，我可没觉出来！她那么好？那么好也没给我半点儿好处啊？贫困户没我的份儿，救济款也没我的份儿，一提这个我就来气！

谢老盼　　文利！

　　　　　（唱）文利你作为亲戚一村之长，

　　　　　就应当暗暗地把我来帮。

　　　　　你不帮我也罢了，

　　　　　实难忍张书记一样也偏心肠。

陈文利　　（唱）老叔你且不要那样想，

　　　　　扶贫岂能够徇私不公把民伤。

　　　　　你只知张书记对你没好处，

　　　　　却不见她把全村的发展胸中装。

　　　　　为扶贫她立下了军令状，

　　　　　为扶贫她抛家舍子眼泪汪汪。

　　　　　为修路她踏遍了咱村的寸寸土壤，

　　　　　为修路她押上了儿子的婚房。

　　　　　她不愧党的使命人民期望，

　　　　　扶贫路上锐气昂扬。

这样的好书记哪里去找，

全村人都应当把她铭记在心房！

谢老盼　文利呀，大道理我都懂，可我也有困难嘛！我也该是贫困户呀！

陈文利　叔啊，我也对不住你！咱们是亲戚，我虽然当着这个村支书，可是没让你沾过村里半点儿光儿。遇到事了，还拿你来开刀，我也知道你心里对我是有怨言的，可是你从没说过，这说明你是识大体顾大局的，我心里是真的很感激你的！

谢老盼　文利呀，我虽然糊涂，可这点儿道理还是懂的。你放着城里的工作不干了，回来接管村里这个烂摊子，你为了啥呀？不就是为了大家伙儿吗？咱们是亲戚，我受点儿委屈不算什么。只是这扶贫工作队来了，还没有我什么事儿，我心里有点儿受不了了！

陈文利　叔呀，你说人家张书记，不在大城市好好待着，来到咱这穷山沟，跟着咱们受苦受罪，人家是为了什么？

谢老盼　这……

陈文利　为了咱们村拆迁修路，人家张书记把儿子结婚的房子拿去抵押贷款，人家又为了什么？

谢老盼　啊？还真有这事儿？

陈文利　为了改变咱们村穷困的面貌，乡亲们都在出力，你说你还硬顶着不搬，这合适吗？叔，你为了个人那点儿利益，还和人家张书记有意见，是不是不应该呀？

谢老盼　我……我……我……

（唱）听文利一番话我内心触动，

直让我谢老盼无地自容。

实不该对张书记心存不满，

　　　　　实不该小算计自作聪明。

　　　　　再不能扶贫路上拖后腿，

　　　　　耽误了施工进度罪不轻。

　　　　（白）文利呀，你说我……我……我这是什么人啊！

　　　〔马凤兰上。

马凤兰　老头子，你快回去吧，快点儿！

谢老盼　怎么了？

马凤兰　张书记给咱们找到了玉米和土豆的销路，每斤比市场价还高出两毛钱。

谢老盼　张书记给找的销路？

马凤兰　是呀！人家客户的车都到了！

谢老盼　车都到了？

马凤兰　车到了山下，可就是这破道，它上不来。

谢老盼　又是开不上来？救人的车开不上来，收货的车开不上来，这条破道呀，必须得修！

陈文利　得修！

马凤兰　哎哟，你快点儿吧！人家张书记找了人帮忙往山下搬呢！

谢老盼　唉！我可真不是人啊！

马凤兰　又怎么了？

谢老盼　没事儿。回去把玉米和土豆卖了，赶紧拆房。

马凤兰　拆房？

谢老盼　拆！

马凤兰　你可终于同意拆房了！

　　　　（灯暗）

　　　〔内："拆房喽！"机器轰鸣，房屋倒塌。

　　　　（灯亮）

〔男女老少，你追我赶的劳动场面。

尾　　声

〔屏幕上显示龙泉庄的文化广场，往后的镜头是整洁的村容村貌，最后是一条比较宽敞的水泥路。张玉凤默默地走在路上。

（幕后伴唱）情难舍人难离，

思绪万千步难移。

天有情地有义，

山水依依难舍弃。

〔内："张书记！张书记！"乡亲们奔跑着四处寻找，张玉凤隐藏在山后。

马凤兰　张书记要走了，张书记要走了！

众　　　张书记要走了！

群众甲　赶紧找！

群众乙　拦着她呀！

马凤兰　不能让她走！

谢老盼　不能让她走！

〔众人跑下，张玉凤看四处无人，欲下。李秀芝等迎面跑上。

奶　奶　张书记，你怎么能偷偷地走呢？

张玉凤　大娘，我有时间会回来看您的，会回来看望大家的。

奶　奶　张书记！我不叫你张书记，我叫你恩人哪！

（唱）唤恩人止不住热泪两行，

千言万语在心里有口难张。

为俺家你把心操碎，

这恩德世世代代也难报偿。

（伴唱）这恩德世世代代也难报偿！

〔马凤兰等人跑上。

马凤兰　张书记，我们围着村找了你一大圈儿呀，终于找到了。你怎么不言声儿就走呀！

张玉凤　婶子！

谢老盼　张书记，这是我们自己的一点儿土特产，你带上！

张玉凤　老盼叔、婶子，我不能拿。

李秀芝　张书记，你就收下吧，带给你的同事们，也替我们谢谢他们！

众　　　拿着吧！拿着吧！

张玉凤　不能拿！

谢老盼　都是家里产的，不是什么金贵东西，张书记，你别嫌弃。（偷偷擦泪）

众　　　拿着吧！拿着吧！

马凤兰　张书记呀，你对我们的恩情，那可是这么大（张开双臂比画）的涌泉啊！就说咱这条路吧，你们单位掏钱免费给俺村修，花了多少钱俺不知道，费了多少事，俺可清楚。你没黑道白地在这条路上干，累得黑瘦黑瘦，看着就叫人心疼啊！你说说，不叫俺表示点儿心意，能行吗？

众　　　不行！不行！

谢老盼　乡亲们，把东西都放车上，我送张书记上车。

众　　　张书记，拿着吧！拿着吧！

燕　子　阿姨，我不让你走。

张玉凤　大娘、婶子、乡亲们，
　　　　（唱）三年来与乡亲们同吃同住，
　　　　同甘苦共患难唇齿相依。
　　　　怎能忘众乡亲贫困线上苦挣扎，
　　　　怎能忘为脱贫我们同舟共济心如一。
　　　　现如今喜看那宽阔平坦致富路，
　　　　更欣慰村貌焕然街道齐。
　　　　眼望着众乡亲难舍情谊，
　　　　我心中一股暖流涌泪滴。
　　　　待到扶贫硕果累，
　　　　我与乡亲们同庆同乐同欢喜！

众　　　张书记！

张玉凤　乡亲们，咱们村的规划建设都是行里的决定，让龙泉庄脱贫致富是我们的责任！
　　　　〔董事长、周行长上场。

陈文利　张书记！

张玉凤　董事长？周行长？

董事长　眼睛怎么红了？舍不得乡亲们吧？

〔张玉凤背过脸去擦泪。

谢老盼　董事长，我们都不愿意张书记走啊！

众　　　是啊是啊！

董事长　乡亲们，行里已经决定，我们不走了！玉凤，上级领导说了，老百姓对你们的工作很满意，又愿意让你们留下来，你们就留下来吧！（众人惊喜）我们要做一支永不撤离的扶贫工作队，继续为龙泉庄的发展贡献我们的力量！

众　　　（欢呼雀跃）工作队不走了！太好了！太好了！

张玉凤　太好了！董事长，我一定加倍努力工作，绝不让领导和乡亲们失望！

周行长　等等，张玉凤，现在你必须回去一趟！

〔欢笑声戛然而止。

张玉凤　周行长，我……

周行长　回家给儿子操办婚事。佳佳让我告诉你，他已经知错了，在家等着给你赔罪呢！

〔众人笑。

董事长　行里决定给你放半个月假，好好给儿子操办婚事。

张玉凤　谢谢董事长！谢谢周行长！

陈文利　张书记，你就回去吧，这里的工作交给我们，你就放心吧。

谢老盼　张书记，这礼物……

张玉凤　老盼叔、乡亲们，让龙泉庄摘掉了穷帽子，让乡亲们过上了好日子，这就是最珍贵的礼物！

陈文利　张书记，快回去吧，快回去吧！

董事长　玉凤，快回去吧，佳佳在家等你呢！

张玉凤　那好，董事长、周行长、乡亲们，我回去了！

陈文利 张书记,我们等你回来!

众 张书记,我们等你回来!我们等你回来!我们等你们回来!

〔张玉凤快步走上山坡,回身向大家挥手。

(光暗)

(合唱)几度春秋龙泉庄,

辛勤耕耘绽芬芳。

扶贫大业初奠定,

齐心合力谱华章!

追风赶月莫停留,
平芜尽处是春山。

孙娜

    孙娜,入选中青年文艺人才"燕赵秀林计划"。中国戏剧家协会会员,中国戏曲表演学会会员,河北省戏剧家协会会员,第十二届河北省青年联合会常务委员。先后毕业于河北艺术职业学院、中国戏曲学院,现为河北省河北梆子剧院一级演员,主攻闺门旦、刀马旦。从艺生涯中,有幸得到了一众高师的授业解惑。

    初学戏曲时,老师就为孙娜制订了闺门旦、刀马旦两个行当双跨的尖子生培养计划,这也铸就了孙娜成年后的专业方向——"文武并重",文能声情并茂直击人心,武可刀枪剑棒呈现视觉盛宴。她学习、创排的河北梆子作品有:《宝莲灯》《窦娥冤》《花木兰》《天竺传奇》《白蛇传》《李慧娘》《打神告庙》《潘金莲》《同心圆》《当家哥哥当家嫂》《甜水湾》等。

    自参加工作以来,孙娜积极参与专业性比赛,并获得了多项国家级、省级荣誉。部分奖项如下:第二届文化艺术院校戏曲比赛全国地方戏金奖;国家艺术基金青

个人介绍

年创作人才资助项目及大型舞台艺术创作资助项目；第三届黄河流域红梅大奖赛金奖；河北省文艺振兴奖；河北省戏剧节"优秀表演奖"；河北省中青年演员推广工程；山西卫视"中国梆子"十大青年领军人物；河北卫视"京津冀"河北梆子青年演员大奖赛金奖。多次参加中央电视台、北京卫视、山西卫视、安徽卫视、河南卫视、河北卫视等多家媒体专业类节目的录制。

"我平时什么样？就是每天跟自己做斗争，跟懒惰较劲，跟身体较劲。其实不只我，戏曲演员都这样。"严苛训练是一名优秀戏曲演员的必经之路，孙娜也不例外。省艺校就读时，每天清晨五点起床和小伙伴一起练早功，后来闭着眼睛都能走进练功房。刚入学时抻筋扳腿，需要四个人合力帮忙，"止不住地鬼哭狼嚎"。练习《打神告庙》中的下高，她站在半人多高的桌子上背朝地面下腰伏地，"身体没问题心里还是怕"。六年枯燥烦琐甚至伤痕累累的磨炼，会使一些人心生退意，还有人则会从中感受到超越自我的满足，孙娜正是后者。

有朋友曾跟孙娜建议"你能不能穿点儿好衣服"。他们眼中的孙娜对戏曲太执着，同龄人享受生活之际，她不是在排练场就是在演出，练功服是她的标配。平日里喝水吃饭，甚至洗漱刷牙时，想起某个动作和唱腔，她都会下意识地开练。看影视剧是她为数不多的爱好，但往往看着看着她又开始琢磨人家的演技。与此同时，腰部、腿脚、膝盖等各类伤痛与她长年相伴，有时腰疼到起不来，有时膝盖无法打弯……

值吗？很多人这样问孙娜。"也有快乐的时候，比如在舞台上某一刻这个腔甩好了，或者一瞬间演得酣畅淋漓，跟观众产生共鸣，大家由衷地为你拍手叫好。就那一瞬间，可能就短短几秒，我就会觉得一切都值了"。随着人生阅历和演出经验的日渐丰富，她越发感受到河北梆子艺术的魅力，"就好比刚攀上一座山，来不及欣喜就发现还有更高的山峰在等着你。我越来越体会到中华戏曲的博大精深，也越来越感受到责任在肩，要将这门艺术传承下去"。

从当年乐天爱唱流行歌曲的小丫头，到今天内敛沉稳的戏曲传承人。河北梆子之于孙娜，如同呼吸饮食一样，已是深入骨血的习惯与日常。"与河北梆子相伴近三十年，不单是职业，也是责任与使命。不敢说为这门艺术奋斗终身，尽自己所能让更多人走近河北梆子，了解它独特丰厚的美与价值，我就很满足了。"孙娜如是说。

"艺无止境"这句四字箴言孙娜一直铭记于心，在努力实现自我价值的同时，她也不忘自己肩上的历史责任，她认为凡是从事戏曲表演的艺术从业者，肩上都承载着中华优秀传统艺术传承和发展的重任。当今世界面临各种风险挑战，戏曲的未来之路更是道阻且长。不忘初心，心怀敬畏，努力提升艺术素养，是孙娜的不懈追求，她希望通过和大家共同努力，让戏曲表演艺术这朵民族之花在当代发展的历史洪流中站稳脚跟，并继续传承辉煌。

浅谈河北梆子《宝莲灯》中三圣母的人物塑造

论文摘要 河北梆子是中国汉族地方戏曲之一，河北省的主要地方剧种。唱腔高亢激昂、悠扬婉转；表现形式文武并重、精彩纷呈，其中尤以神话剧《宝莲灯》为突出代表性剧目。《宝莲灯》自1959年创作至今，六十余年来作为河北省河北梆子剧院的保留剧目久演不衰。不同于传统观念中一出戏只凸显一位主人公的形式，河北梆子《宝莲灯》中生、旦、净、丑各行当皆有精彩的展现，其中三圣母这一角色更是给观众留下不可磨灭的深刻印象。人说细微之处见真章，河北梆子《宝莲灯》的成功，就可以从三圣母的人物塑造特点上来窥见缘由。

关键词 河北梆子；《宝莲灯》；三圣母；人物塑造分析

引 言

写这篇文章有两个初衷。一是戏曲演员从小受训于四功五法等技术训练,思维跳跃、感性偏多,但思维逻辑性和书写表达性相对略差,而专业技术到一定程度时,静下心来对一些方面的认知进行文字总结与梳理,往往有助于自身艺术修为更上一层楼。另一方面也很好地锻炼了戏曲演员逻辑梳理、文字表达与编排的能力;二是在做有关河北梆子的资料查阅时,除了一本薄薄的发黄的《河北梆子简史》之外,有关于河北梆子的史料几乎无迹可寻,作为河北梆子经典保留剧目《宝莲灯》的研究资料更是没有只言片语。大到国家、细到艺术,要想发展与强大都离不开文化文字的相辅相成,我身为河北梆子人,深感责任重大。所以借以写毕业论文这个契机,将我在《宝莲灯》中饰演的三圣母这一角色进行人物分析,从唱、念、做、舞、服、化、道等方面将自己所学、所思、所想表述出来。不管水平如何,也算是为河北梆子文字记录方面留下了微不足道的一笔记载。

一、河北梆子《宝莲灯》创作溯源

"河北梆子,是中国北方梆子声腔系统的一个重要支脉。从近亲(发源)来说,它是山陕梆子的后裔。"[①] 河北省河北梆子剧院的前身——"河北省青年跃进剧团"1959年成立于天津。当时提倡"双百方针",全国上下尤其文化艺术界充满了创作热情,河北梆子《宝莲灯》便是产生于那个历史背景下,剧中三圣母等一系列人物形象也在人们心中留下了鲜明深刻的印记。

(一)剧目类型分析

《宝莲灯》的故事在中国妇孺皆知,而戏曲版的《宝莲灯》自清代以来就有演出,并成为很多剧种的保留剧目。河北梆子《宝莲灯》从

---

① 马龙文、毛达志,《河北梆子简史》,中国戏剧出版社,1982年10月第一稿,第1页

体裁、情节、思想上来说不同于其他剧种的传统版本，它属于新编神话剧。

传统版《宝莲灯》又叫《劈山救母》《二堂舍子》《二堂放子》，源于宋元南戏《刘锡沉香太子》和元人杂剧《沉香太子劈华山》。剧目内容为：宋时华山三圣母与书生刘彦昌互相倾慕并喜结良缘，其兄二郎神怒其犯天规触天条，遂将三圣母压在华山之下。三圣母于华山之下生下沉香，遣婢女将沉香送至刘彦昌身边抚养，此时刘彦昌已与宰相之女王桂英成亲，并生下儿子名秋儿。长大后的沉香误将秦府公子秦官保打死，王桂英为保沉香性命最终将亲生儿子秋儿送去抵命（此处情节便是有名的《二堂舍子》）。沉香逃命途中遇霹雳大仙点化相助，并赐之神斧，于是沉香寻到二郎神并将其打败，最终斧劈华山救出三圣母。传统《宝莲灯》中的《二堂舍子》一折是全剧的重点场次，就拿广东粤剧的《二堂舍子》来说，剧本情节、唱腔设计和演员表演等展现的感人肺腑、精彩异常，所以它可以代替"宝莲灯"三个字成为全剧的总称。

而河北省河北梆子剧院于1959年底开始创编的新版《宝莲灯》除了和传统版《宝莲灯》的剧目名称、人物称谓、部分情节等相同外，在体裁、情节和思想等方面产生了很大的不同。它根据当时青年舞蹈家赵青的舞剧《宝莲灯》改编而成。情节与思想上来说，河北梆子《宝莲灯》删去了传统版本中《二堂舍子》一折，并将刘彦昌的书生身份改成了民间医生。这是因为一：《二堂舍子》一折的存在直接体现了封建时期的"一夫多妻"制，将它删减则是为了提倡当代文明观念，摒弃封建落后思想。二：将刘彦昌的书生身份改为民医，则是拉大了三圣母与刘彦昌的身份距离，更加彰显了他们之间爱情的纯粹与真挚。另外三圣母挑战天规勇于追求爱情的反抗精神也是本剧中所蕴含的主要思想。

体裁上来说，因为改编于舞剧，故而将红绸舞、孔雀舞、扇子舞等表演吸纳了进来，所以"可舞性"成了此剧的一大特色；而河北"武戏甲天下"是戏曲圈内公认的事情，当时集多位艺术家的创作结晶，再加上裴艳玲先生（当时还是未成年的小名人）的强强加盟饰演"沉香"，此剧的"武打性"也成了最亮眼的一大特点；"可歌性"是戏曲最基本的表现形式自不用多说。所以，"可歌""可舞"又"可武"成为河北梆子《宝莲灯》最突出、最精彩的三大特征，很经典地体现了王国维先生定义戏曲的那句话——"戏曲者，谓以歌舞演故事也。"①

（二）不同时期艺术家对这一人物的演绎

三圣母是《宝莲灯》中的主要人物，深受观众的喜爱。从年龄上来划分的话，我们现在已经是第三代三圣母扮演者了。

第一代三圣母是以河北梆子表演艺术家齐花坦先生为代表。《宝莲灯》从创排到定型共经历了三稿。前两稿的三圣母由一位叫韩淑英的演员扮演，听老一辈的人说这位韩淑英老师的扮相漂亮、身段优美。但由于此剧是以舞剧为基础改编而成，所以整体重舞轻文，专家提出"武胜戏少唱弱"（武戏虽精彩但在戏中占用比例太多；戏中的故事情节过于简单；戏曲标志性的唱念过于稀少）的意见。第三稿中每个主要人物都添加了有河北梆子代表性的唱段，但韩淑英老师是一位晋剧演员，隔行如隔山，怎样努力也唱不出河北梆子的味道来，而当时刚刚从北京拍摄戏曲电影归队的齐花坦先生就成了三圣母的最佳人选。齐花坦先生同样扮相秀美，拥有超前的创作理念，表演讲究一切从人物出发。如她吸收了很多舞蹈的特性揉进了身段表演中，要求身段伸展，手臂打开指尖给人以无限延伸感，脚步启动时会借鉴芭蕾的"脚尖点地"法，给人以轻盈缥缈感，这就不同于戏曲讲究圆、团的传统身段了；"砸夯音"是河北梆子标志性的唱腔处理，但齐花坦

---

① 王国维，《戏曲考原》，国粹学报，1909 年第一期，第 69 页

先生考虑到三圣母的人物设定，几乎舍弃了现场出效果的这一唱腔处理，怕的是此腔一出，给人的感觉会把神仙从天上拉扯下人间。这就是齐花坦先生理念先进、一切从人物出发的创作特点。

第二代是以河北梆子表演名家彭蕙蘅为代表。彭蕙蘅老师扮相俊美，妩媚之中又有一股英气；唱腔甜美悠扬；身段与舞功展现柔中带刚、刚柔并济。她在继承齐花坦先生的表演理念基础上又博采众长，各方面又往更细腻、更精准的方向研究和展现。唱腔发声上，彭老师借鉴学习了民歌科学的发声方法，吸取了甜美的民歌音色，使之体现在三圣母的唱腔上更贴合人物特质；红绸舞单从技巧上来说彭老师要求左右手耍出的绸花大小、上下、形状要一致，就连在地毯上静止不动的造型也要左右一致。从这点细节就能知晓彭蕙蘅老师对于三圣母的塑造乃至整个艺术观的细致、严格的创作态度。

第三代就是我们这些"80后""90后"的旦角演员了。我有幸从小跟在彭蕙蘅老师的身边学戏，《宝莲灯》就是其中剧目之一。我们从小在老师们的严格督促下打下了较为扎实的基本功基础。平转卧鱼、小蹦子、下腰、探海儿都游刃有余。另一方面来说，我们在舞台上将老师所传授的一招一式按部就班地表现出来之外，自身又带有这个年代的时代气息。但这也是需要注意的问题，我们以往只是把老师教的东西搬到舞台上，却没有以自己的视野来创造三圣母这个人物，这就像机器人执行人的指令一样，没有灵魂，不会打动人心；我们虽然带有时代气息，显得年轻靓丽，但身上缺少三圣母仙女气质和母爱情怀。诸如此类的问题都需要我们日后注意，加以琢磨改进，将真正富有时代气息、真实美丽的三圣母带给观众。

二、三圣母人物分析

（一）人物特质与行当定位

塑造人物必定先要从分析人物开始，三圣母这个人物让观众感觉可爱，那她定是和观众产生了共鸣。谁都没有见过神仙，只能靠人们的想象来描绘他们的样子，而通过人想象塑造出来的神仙就无可避免融合了人的喜怒哀乐、七情六欲，这样才有可能与人产生共鸣。所以三圣母的人物特质就不是单一性的，而是多元化的。作为神仙，鸾姿凤态、飘然出尘、心怀万物、扶济众生肯定是三圣母的主要特质；但她不同于其他剧目里神仙的一点是向往凡间、向往甜美爱情的心，所以她又有少女娇羞、忸怩的一面；而面对新生婴儿她又洋溢着初为人母的喜悦与祥和；与婢女、仙形和百姓相处时又流露出谦和近人的一面；在面对天规和其兄二郎神的责罚时，她又表现出了无畏、勇敢之姿；最后在被沉香斧劈华山得救之时，她又流露出了历经磨难的沉稳和家人团圆的欢喜。正是这些不同特点的汇聚，才形成了河北梆子三圣母独有的、形象生动的人物特质。

戏曲艺术最基本的特点之一就是行当分类，男女老少等不同角色都有特定的行当来划分，但并不是说角色就是行当。一个成功的舞台人物绝不是只一种行当来塑造的，一个有见解的演员也绝不会只拿一种行当来塑造人物。行当永远要为人物服务，突破行当界限也是角色身份、地位、思想、行为发生变化发展的必然结果。很多经典的角色很难用一种行当来划分，如《穆桂英挂帅》中的"穆桂英"，《野猪林》中的"林冲"，《宝莲灯》中的"三圣母"。戏曲大家王瑶卿突破了京剧行当的严格划分，集青衣、花旦、刀马旦的唱、念、做、打于一身，创造出了旦角的新行当——花衫。河北梆子的三圣母是由闺门旦这个行当的演员来饰演的,而河北梆子的闺门旦就相当于京剧中的花衫,唱念做舞兼容、综合实力俱强。

(二)闺门旦、武旦、青衣的融合

这里所说的闺门旦和上文提到的河北梆子的闺门旦是不一样的,她是指传统意义上偏重文戏表演的行当类型,是为了更明了的解释塑造三圣母时几种行当的融合。如上文所述,三圣母拥有多面的人物特质,这些不同面完全可以用戏曲的行当类型进行归类,最后通过巧妙地融合来完成人物的整体塑造。如仙人的鸾姿凤态、恋爱时的娇羞忸怩等状态可以归为闺门旦的表演范围;舞剑时的英姿勃发和与二郎神斗法时又运用了武旦所具备的素质与技巧;当母子相见、家人最终团聚时,又涉及青衣行当的大气与稳重。但并不是说第一场演闺门旦,第二场演武旦,第三场演青衣,那这样的话就是在演行当而不是演人物了。它需要演员在掌握这三个行当本领的基础之上,还要高明地、不着痕迹地将之融合起来,使这三种行当特性集中在一个人物身上时不仅不生硬跳跃,反而流畅自然、合情合理。这对旦角演员来说是一个很高的要求了。

三、三圣母的人物塑造

(一)唱、念特色

河北梆子的唱腔以高亢嘹亮、慷慨悲壮著称,擅长在高音上拉长音,出字讲究"喷口",收音善用"砸夯"。但基于三圣母的人物特质,前辈艺术家将"喷口"与"砸夯"特意弱化,把她的唱念特色设计成了以柔和、缥缈为主。

剧中有关三圣母的念白分量不多，所以才更要说出她的身份特点来，即"缥缈"感，声音一出便让人感觉如丝丝白云围绕在身边，音感如水波纹一圈圈荡漾开来，传至身边又犹如环绕立体声温柔地沁入耳中。但这只是它的主基调，每句白话都只有缥缈感那就如同白开水一样没滋味了，所以随着剧情的发展，每句白话都有其不同的含义和处理。如三圣母第一次出场亮相之前，幕条内会说一句"宝莲灯伺候"，简短五个字，说出的效果却要让人感受到三层含义：一，点明全剧的主题——宝莲灯；二，主要人物将要出场给观众以期待；三，未见其"神"，先闻其声。声音形象要先发制人，所以这五个字出来的效果要是庄重、沉稳而又缥缈的。当神灯普照，三圣母舞动红绸将瘴雾驱散后，用平淡中带有些许欣慰感说出"云消雾散"，当看到人间美景时，声音中流露着一种不自觉的欣喜说"春满人间"，随即脱口说出"好一派丽景也"，这一"好"字要将她对人间美景的感叹和对人间生活的向往表达出来，但要避免出尖亮的声音，而要以气带声，由心而发。这三个小短句从情绪上来说是层层递进的，声音处理上是由平稳逐渐明亮的，但不管情绪怎样变化，始终不能跳脱它的基调——缥缈感，因为这就是代表三圣母身份的声音形象设计。

关于唱。前文提到，三圣母的唱腔以柔和、缥缈为主，在少量保有行高腔的基础上，又将"喷口"和"砸夯"根据人物要求做了简化处理。如：待"刘彦昌"庙中小憩时，三圣母有一大段表达对刘彦昌情感的内心活动的唱腔，这也是剧中三圣母的核心唱段。唱段的第二句是一句慢板"诗句儿比琴瑟对我轻弹"，最后一个'弹'字按照河北梆子常规行腔处理的话，会在几番铿锵有力的高腔之后，结尾以代表性的"砸夯"结束。但同样的旋律用在三圣母身上时，高腔就不是铿锵有力了，而是明亮又悠扬的处理，最后收音时，"砸夯"有意识弱化甚至弃之不用，改用弱收音处理。因为铿锵有力的高腔和酣畅淋漓的

"砸夯"多以用来表现民间妇人凄苦悲愤的情绪，虽然能让观众听后感觉过瘾并收获现场效果，但把这些用在三圣母身上的话，会让人觉得将她直接从天上拉拽至人间，变成民妇的既视感，那整个人物感觉就不对了！除了以人物形象设定的唱腔主基调外，其中还不乏有表现人物某种精神和心理的"点睛之笔"。如：在表达完对人间男耕女织平凡生活的向往之后，三圣母随后唱到"我欲乘风去、置身在人间、扶济众生叨、神灯保平安、怕什么仙规重重法森严"。这几句唱腔一改之前平缓悠扬的节奏，转换成河北梆子"跺板"的板式，节奏短促鲜明，要求演员吐字简洁有力，加上武乐锣鼓点的配合，整个效果出来给人感觉坚定、果决、不容置疑，充分表达了三圣母为了理想敢于挑战不合理天规的反抗精神！在表达完决心之后，三圣母突然看到了攀山而上的刘彦昌，随即情不自禁地唱"又见他攀山峰不顾艰险"。记得当时彭蕙蘅老师教授我时说过，这个"他"跟平常的"他、她、它"不一样，这个"他"是三圣母的心上人，是不一样的存在，所以在唱腔处理时不能随意将之唱出来，要以气带声，利用舌尖与上颚的配合形成一个小喷口，忌明亮而要稍含着的感觉将字唱出来，里面蕴含了欣喜、羞涩和隐忍控制的情绪。这样出来的效果自然会让人感觉此"他"非彼"他"，而是与众不同的那一个。以上例子便是三圣母唱腔设计细致、绝妙之处的代表。

（二）做、舞特点

思想上奉行"新的"拿来我用，"旧的"巧妙化用；演员素质上要求基本功扎实，根据人物需求合理运用。

"做功"上来讲，河北梆子《宝莲灯》自舞剧改编而成，大到整剧的表演结构，小到人物的表演手段都吸取了舞剧这个兄弟剧种的"新的"元素，并将之融合成戏曲的表演形式。比如身段，传统的戏曲身段程式大体讲究团、圆、含等，而三圣母的身段是挺拔、舒展、大开大合的感觉。拿双臂向外展开为例，传统身段两手之间的距离不会超过六十度，而三圣母此时的两臂轻搭红绸，两手展开近一百八十度，两手尖向外伸展，给人以无限延长感。但这套动作做下来不会给人跳脱感，反而觉得它就是戏曲动作，就是人物动作，这就是将"新的"拿来精心融合之后为我所用。再拿兰花指举例，传统兰花指的高度大概在胸腹位置，为的是能让观众清楚地看到演员的手指方向。而三圣母有几处特殊的兰花指动作，如唱"阡陌间耕桑人男女相伴""好一个采药人……"时，这两处的兰花指采用了同样的处理，即手的位置自胸腹间下移到了小腹位置，手臂的开合在传统基础上又向回收拢了点，给人感觉似指非指，甚至作出了"含糊其辞"的语汇感。因为这两句唱前一句在指向人间爱情，后一句在指向自己的心上人，而三圣母身为神仙，首先身份上不允许她有凡心，所以这个动作做出来不能"明目张胆"，其次从未感受过男女之情的她在面对人间情侣和自己心上人时，少女般的羞涩、忸怩感油然而生，所以动作做起来就会"遮遮掩掩"、欲语还"羞"。这就是这个兰花指动作之所以这样处理的原因，也很好地阐释了"旧有"的程式怎样在人物心理需求的情况下进行巧妙的变化与运用。

　　舞。三圣母身上最鲜明的两个特点就是红绸舞和剑舞。红绸舞在借鉴舞剧的基础之上，当时参与创排的老艺术家郄承鸾老师又将河北梆子《盘丝洞》中的表演元素融合了进来。当红绸舞动，形成各式各样飘逸的绸花时，它可代表驱散瘴雾的辅助神器、人间袅袅升起的炊烟、男女传递情愫的桥梁、欢喜雀跃的心情，还有坚毅果敢的决心等。为了便于理解，再拿上文提到的唱词来分析："我欲乘风去……怕什么仙规重重法森严。"这是几句节奏稍快的跺板，在唱"我欲乘风去"的同时，三圣母舞动红绸来一串小蹦子，在连环的转动下，红绸形成了由远及近的大车轮花，代表着三圣母向往着奔赴人间的急切心情；唱

"怕什么仙规重重法森严"的同时,应和着每个字的节奏,三圣母扬起两手中的红绸,随后在层峦叠起的红绸下利用快跑场冲破而出,配合着新编锣鼓经"仓 仓 仓仓 来乞台仓"双手击掌亮相!这一系列富有冲击力的连环动作表达了三圣母为了心中理想敢于挑战不合理最高制度的反抗、无畏精神。再说舞剑,它是参与创排时的艺术家从京剧《霸王别姬》中借鉴而来,到现在为止大体的路数和音乐节奏等都还有"虞姬剑舞"的影子,只是在这基础之上,前辈艺术家又对此进行了改编,技巧上加深了难度,如添加了"踹燕""探海儿"、单腿蹲起、小跑场飞"卧鱼"、连环"刺翻身"等。身韵与呼吸上又借鉴了武术中太极的感觉,动作之间给人感觉有股内在的力量在抻拽着运行,起式收式都不可生硬楞,而要脆揉弹。但并不是说加入了众多的技巧就要炫技卖好,而是要让三圣母与宾客谈笑风生之间把这些技巧"轻松"地展现出来,既表现了人物的高深本领,又体现了演员的深厚功底。不管红绸舞还是剑舞,都要求表演者拥有深厚的基本功,在这基础之上根据人物需要加以配合运用,这是塑造三圣母对表演者的基本要求。

(三)文武并重的表演特征

《河北梆子简史》(以下称《简史》)中提到,现在所流行的河北梆子属于"直隶新派"的延续(大批河北梆子女演员的问世,标志着"直隶新派"的形成)。《简史》称新派梆子除了唯旦角第一,其他行当艺术越丢越多之外,旦角演员只讲究唱功,重文轻武,把"老派"中唱念做打俱优的旦角培养模式逐渐摒弃,这也是河北梆子艺术后来走向衰落的重要原因之一。但值得欣慰的是,当代以齐花坦先生为代表的这一脉旦角演员十分重视唱念做打综合能力的培养,创演了许多文武并重的大戏,《宝莲灯》中三圣母便是其中鲜明的代表人物。她对唱念有人物形象鲜明化的高要求外,武功(红绸舞、剑舞)则是她最为突出的表现特征,关于这些在上文中皆有详细的陈述。所以,唱念做打于一体、文武并重的表演特征是三圣母这个人物有别于其他旦角人物的鲜明特点。

（四）人物造型与表演形式的关系与改革

三圣母的人物造型大多移植于京剧《霸王别姬》中"虞姬"的古装扮相，在此基础上根据人物身份、动作等加以调整。

"虞姬"的装扮为：内穿明黄圆领半肥袖上衣、衬裙，系白色秀马面的裙子，云肩，外穿鱼鳞甲，系腰箍、飘带，再系黄色绣花斗篷。头饰为古装头戴如意冠。三圣母第一场的穿着在此基础上稍加变化：淡黄色圆领半肥袖上衣、淡黄色长裙，云肩，腰箍，红色马面（底部绣潮水，潮水之上绣凤凰），飘带。头上同样是古装头戴如意冠，只是三圣母的如意冠稍加改造，材质为铜丝铜片，整个效果出来更精致和更有质感。其一，将"虞姬"的鱼鳞甲换成了带潮水和凤凰的红色马面，这就将人物身份和所处环境区分开来了："虞姬"身处战场，所以身披鱼鳞甲；而三圣母身处华山，自然不用穿鱼鳞甲，古装衣腰间最常规的搭配是马面，三圣母的马面上绣上潮水与凤凰，则是彰显了她身份的尊贵。其二，三圣母的装束中去掉了"虞姬"装束中的斗篷，则是因为三圣母身挂十几米的红绸需要配合剧情舞动，斗篷自然是不能要的了。

第二场举办沉香百日宴，三圣母有两身打扮上场，即红披红裙和舞剑时所穿的玫红打衣裤加黄色小腰裙。头饰还是古装头，只是将如意冠换成了带红绒凤凰的发髻。第二场的穿戴则是沿用传统戏的关中打扮了。

戏曲旦角中，性格稍稳妥或成熟的女性，装束上会选用"披"。三圣母此时已生下沉香，性情相比第一场《仙配》时更显沉稳，而她又在为沉香举办百日宴会，所以从人物性情和情境考虑，三圣母第二场第一身的装束选用了红披红裙。打衣裤属于刀马旦或武旦的装束，是为了便于展示各种技巧。而三圣母宴会中要向众人展示武艺——舞剑，其中会涉及很多技巧的展示，既表现三圣母的仙力也凸显了扮演者的功力，所以为了便于行动，三圣母的第二身装束选用了玫红打衣裤。头上如意冠换成红绒凤凰发髻，一是配合服装的变化而变化，二是考虑舞剑时头上的方便与轻盈。

四、戏曲演员与角色塑造的关系

（一）演员的主观能动性在人物塑造中的作用

可以说演员的主观能动性对于人物的塑造起着决定性的作用。

最简单讲，如果演员没有主观能动性，只单凭剧本提供的唱念照本宣科、导演要求的调度麻木执行，那出来的人物就不是人物了，而是形同木偶一般的存在，那么从古至今戏曲舞台上就不会出现这么多经典的艺术形象了。

另一方面讲，这许多的经典人物形象积累了多少前辈艺术家的结晶，那我们将这些经典从老师身上学来后，还要不要调动主观能动性来进行再创造？梨园行有句老话"学我者生，像我者亡"，那些经典角色都是一代代艺术家继承并将自己的创造与之融合流传下来的，如果我们只是单纯复制老师所授，那从自己扮演的人物就是没有灵魂的，经不起时间推敲的。记得我中专毕业一直到大学前期，彭蕙蘅老师经常鼓励我在她所传授的那些人物形象基础上，加上我自己的想法进行再创造，那些年我一直处于懵懂状态，觉得那些角色历经几代人的打磨创造已经很经典无须改动了，另一原因是从小习惯了老师口传心授的学习模式，一直是"张嘴等着喂"的状态，主观能动性可以说几乎已经丧失了，可以说这是戏曲人普遍的常态。但现在我懂了，"一千个观众就有一千个哈姆雷特",同样的角色在不同人眼里有不同的感受,所以我们在继承经典的同时,更要从"张嘴等着喂"的被动状态跳脱出来,积极发挥自己的主观能动性去继承与创造,这样塑造出来的人物才有可能成为特殊的"这一个"。

(二)戏曲演员要有与时俱进的创作意识

哲学上讲一切事物都是运动着的,都是在不断地发展、变化的。戏曲表演艺术也是如此,不发展就会淘汰,就会灭亡。我们要时刻保持与时俱进的创作意识,这样戏曲这么古老的传统艺术才不会淹没在历史的洪流之中。那如何与时俱进?这就涉及继承与创新相辅相成的话题。

河北梆子《宝莲灯》从创作至今已有六十年的时间,一直是河北省河北梆子剧院的看家戏,被国家选为全国优秀保留剧目。之所以能"永葆青春"就是因为在那个年代它就是新编剧目,在秉持戏曲传统精髓基础上,它吸收舞剧、民歌、武术等兄弟剧种的艺术元素,大胆改革、勇于创新,使整剧的呈现形式和表演内容符合甚至超越当时的社会节奏,这才深受广大观众和国家领导人的喜爱,得以流传至今。作为河北梆子的青年一代,我们应将这凝聚了几辈艺术家智慧结晶的艺术精品通过刻苦练功、寻师问道等方式老老实实继承下来,并将之延续下去。但在当今时代,新编神话剧《宝莲灯》已经六十岁了,它已经不新了,新中国发展速度飞快,人们的生活也产生了日新月异的变化,要想新编作品还保持"新",我们就要学习前辈艺术大师的精神,踏实继承的同时,也要具备广纳百川、勇于创新、与时俱进的思想,创造出符合当代人思想、节奏的作品。恰逢良机,我们本科毕业大戏选择了《宝莲灯》,在忠实继承原版本的同时,我们又结合现时代的审美与节奏对本剧情节、舞美、服装、唱腔等方面进行了改编与创新。尤其在唱腔、舞美方面:现代人的生活节奏快,各种刺激超前的娱乐方式又层出不穷，那六十年前的唱腔段落与旋律已然留不住现代人的耐心了，那么在将经典和容易引人寻味的旋律保留的同时，唱词内容上去重留精，唱腔板式上少冗长多流畅，这样尝试改变的意图就是为了跟上时代的步伐与节奏，让观众有耐心坐下听了，才能进而领略传统旋律的美；如果说唱腔方面的改编只是在原有基础上进行了精简与调整，那舞美方面则是真正融入了现时代的因素——科技投影。我们本科毕业版的《宝莲灯》最大的创新就是加入了现代投影技术。随着剧情的发展，舞台前方半透明的幕布上会出现意境唯美的动态图，这现代科技的视觉冲击再配上音乐渲染更容易使观众沉浸到神话剧情中去，这一舞美创新绝对起到了强有力的代入作用，还使人充分体验了现代技术与传统艺术相结合的视觉之美。

不进则退，要想生存与发展就必须紧跟时代的脚步去创新。但不能说只要创新就是成功，就如真理是从无数次实践中得来的一样，我们在继承前辈精髓的同时还要不断创新探索，就是为了找到、也总会找到合适的结合方式，不仅让前人，还有今人、后人都真正想看、爱看、看懂民族戏曲艺术，这样它才能真正根植于国人之心、受国人所爱，得他人所仰。

说时容易做时难，我们戏曲人的道路任重而道远。

参考书目

[1]　马龙文、毛达志《河北梆子简史》中国戏剧出版社 1982.10

[2]　赵景勃《戏曲角色创造教程》文化艺术出版社 2004.11

[3]　李春熹《阿甲戏剧论集》中国戏剧出版社 2005.01

[4]　中国戏曲学院《彩云集》中国文联出版社 2005.11

[5]　中国戏曲学院《彩虹集》中国戏剧出版社 2001.09

参考网站

[1] 百度文库：王德彰"文革中河北梆子《宝莲灯》拍电影

　　　http://wenku.baidu.com/view/1a8c77f404a1b0717fd5dd6e.html

[2] 戏剧网：粤剧《宝莲灯》

　　　http://www.xijucn.com/html/yue/20131109/51940.html

[3] 超星网：王国维《戏曲考原》　http://chaoxing.com

《宝莲灯》剧照

《宝莲灯》剧照,饰"三圣母"

《白蛇传》剧照

《白蛇传》剧照。主演：孙娜、安拴成、翟欣
摄影：相春霞。2021年4月9日

《打神告庙》剧照

饰敫桂英

《当家哥哥当家嫂》剧照

饰山妮。摄影:相春霞

《窦娥冤》剧照

饰窦娥

《杜十娘》剧照

饰杜十娘

《好南关》剧照

饰赵丽琴

《荷花淀》剧照

饰赵子涵

《花木兰》剧照

饰花木兰

《李慧娘》剧照

饰李慧娘

《孟姜女》剧照

饰孟姜女

"艺无止境，业精于勤"。日复一日，年复一年，在每一天的生活中勤学苦练，在每一次的演出实践中总结经验，在每一回的艰难困苦中参悟人生，唯有持之以恒，坚定信念，才能勇攀艺术的高峰！

郝士超

郝士超，入选中青年文艺人才"燕赵秀林计划"。中国戏曲表演学会会员，河北省戏剧家协会会员，先后毕业于河北艺术职业学院、中国戏曲学院，现为河北省河北梆子剧院一级演员，主攻武生。

郝士超八岁学艺，多年来练就了扎实的基本功。他的武打动作干净利落，表演技巧娴熟，腰腿功夫、嗓音条件俱佳，是一位难得的武生人才。

从艺多年，郝士超凭借过人的天赋和精湛的演技荣获多项大奖，如河北省青年戏曲演员大赛优秀表演奖，首届中国（黄河流域）戏曲红梅大赛金奖，山西卫视《走进大戏台》全国青年戏曲演员电视擂台赛冠军，首届京津冀河北梆子青年演员电视大赛金奖。入选河北省中青年戏曲演员人才推广工程，国家艺术基金青年艺术创作人才资助项目。并曾多次随团出访希腊、西班牙、日本、迪拜等地。

郝士超塑造的人物有质感、有厚度、有气魄，他的

个人介绍

舞台气质生动地诠释了"燕赵慷慨悲歌"之豪壮，让人印象深刻。

郝士超是河北梆子经典剧目《宝莲灯》里第三代沉香的扮演者。2012年，该剧荣获第二届文化部优秀保留剧目大奖。次年，《宝莲灯》剧目全国巡演，他随团奔赴宁夏、甘肃、青海、澳门等地，将河北梆子《宝莲灯》唱遍祖国大地。2019年，由他主演的河北梆子《钟馗》参加了第二届全国戏曲百戏（昆山）盛典优秀剧目展演活动，他饰演的钟馗前小生、后花脸，儒雅潇洒，正气浩然，获得了观众的一致好评。2020年，他主演的河北梆子《野猪林》入选国家艺术基金青年艺术创作人才资助项目，获得业界的一致赞誉。

郝士超摘得第三十一届中国戏剧"梅花奖"。他带来了折子戏包括昆曲《林冲夜奔》、河北梆子《野猪林·白虎堂》、河北梆子《瓦桥关·血战瓦桥》。他的表演文武兼备、唱做俱佳，展现了一个武生演员的综合素养。

"昆曲《林冲夜奔》非常考验一个武生的综合能力，从头舞到尾，舞的同时要满宫满调地把唱腔唱出来，把人物的情绪和韵味展现出来，给观众行云流水、酣畅淋漓的感觉，而且不能让观众看出演员累。我比较擅长载歌载舞、连唱带舞，这和河北梆子这一剧种特点有关系，梆子声腔很高，唱《林冲夜奔》有一定优势。

"河北梆子《野猪林·白虎堂》移植于京剧经典，大概路子没有变化，主要在声腔演唱上按照河北梆子的风格进行了重新设计，河北梆子观众更易接受。尤其是'八十棍打得我皮开肉绽'这一大段唱，非常能体现河北梆子高亢激昂的特点，把林冲被屈打成招蒙冤的内心怨恨完全展现出来了。同时，剧中有大段的念白贯口非常过瘾，更能体现一个武生在唱念上的功力。

"河北梆子《瓦桥关》是去年为我量身打造的新编历史剧。导演给我设定的是长靠武生、箭衣武生和短打武生在这出戏里都有体现。《瓦桥关·血战瓦桥》一折主要以长靠为主，长靠考验的是一个演员对于靠功、腰腿功、圆场功，还有出手、枪花、群荡子等功夫的集中掌握。"

郝士超如数家珍地介绍了每一折戏的特点和自己对于唱功、做功的把控以及对人物角色的独特理解，扎实的基本功和深厚的艺术造诣让郝士超"摘梅"实至名归，也是众望所归。

获得梅花奖后，郝士超并没有停下脚步。他带着"郝士超折子戏专场"进行了汇报演出和公益惠民演出，又演了《钟馗》和《瓦桥关》。再演出，郝士超多了一个身份——中国戏剧梅花奖获得者，"观众对我有了更多的期待，我对自己的要求和标准也更高了，更加严谨地对待每一个细节，希望以最完美的演出回馈家乡父老这么多年对河北梆子和对我的支持。"郝士超道出了自己最朴实的心声。

从艺三十余年，攀登艺术高峰是郝士超永不停止的追求。多年来，他一直以南派武生宗师盖叫天先生的一句箴言勉励自己，那就是"活到老、学到老"。他特别注意丰富自己的艺术修养和理论知识，吸收百家之长，融会贯通，并学以致用。他希望通过努力，为河北梆子事业发挥自己的光和热，为优秀传统文化的传承和发扬贡献自己的力量。

筑梦氍毹　感恩梨园
——梅花奖让我踏上了新的艺术旅程

"宝剑锋从磨砺出，梅花香自苦寒来。"中国戏剧梅花奖是每一名戏剧演员都无比向往的表演艺术最高奖，创办四十年来为中国戏剧的传承与发展做出了不可磨灭的功绩，为中国戏剧走向世界打开了一个崭新的窗口。作为一名青年武生演员，我能够获得这一戏剧界至高无上的荣誉，何其幸运，又何其幸福！感恩观众的不离不弃，感谢中国文联、中国剧协的认可，感谢各级领导的支持、同事们的鼎力相助！更感谢自己几十年的坚持与坚守。与戏剧相伴的人生是幸福的，获得梅花奖又给我的人生增添了很大的自信，我会用最真诚的心态、最饱

《武松》饰演武松

满的热情,继承好梅花的精神与品格,为中国戏剧艺术的传承与发展做出自己的贡献。

我出生在河北省正定县的一个农村家庭,从小就爱听老人们讲述英雄的故事。河北具有燕赵慷慨悲歌之士的豪情壮志,历史文化悠久,英雄辈出。一直以来,在河北这片热土上,就流传着诸多英雄豪杰的典故与事迹,赵云、荆轲、兰陵王、赵佗等英雄豪杰的名字经常在我耳边萦绕,也可能是从小耳濡目染,身体里流淌着崇拜英雄的血液,在年幼懵懂的时候就有了一个英雄梦。正是有了这样的梦想,让我踏进戏曲艺术大门的时候,最终选择了武生行当。我热爱武生艺术,是武生给了我一种吃苦耐劳、坚韧不拔的精神,武生陪伴着我走过了三十年的风风雨雨,他就像是我生命中的灵魂一样,在我迷茫时给了我

《钟馗》饰演钟馗

方向，在我痛苦时给了我力量，在我失落时给了我信仰，在我获得荣誉时与我一起分享。武生是前辈的精诚之作，武生是戏曲的阳刚之美，武生是舞台的氍毹之光。也正是学习武生艺术，让我感受到舞台的魅力和迷人，让我获得了中国戏剧表演艺术最高奖的荣光，让我踏上了追逐更高艺术理想的旅程。

　　河北梆子作为河北极具代表性的地方剧种，高亢激越，大气磅礴，低回婉转，雄浑悲壮等特点使其在表现英雄、塑造具有英雄气概的舞台艺术形象方面有着得天独厚的优势。记得在五岁左右的时候，受同是河北梆子演员舅舅的熏陶，耳濡目染当中对戏曲舞台上的演员产生了兴趣。于是父母和舅舅决定，让我八岁正式开始学艺，练习戏曲的基本功。这是一个漫长且枯燥的过程，也是每一个戏曲从业者必须要经历的过程，因为基本功的好坏直接影响着你未来的艺术之路。很幸运，在无数个艰苦难熬的日日夜夜里，我最终坚持下来了，也正是在练习基本功的过程中，磨炼了我的意志和心态，让我在后期的从艺

《林冲夜奔》饰演林冲

之路上走的坚实而肯定。

时光如梭,转眼间三十年的从艺光阴一晃而过,时间来到了2023年5月9日这一天,一个让我一生都难以忘记的夜晚,第31届中国戏剧梅花奖的终评演出拉开帷幕,很幸运我能够代表河北梆子剧种与我的同人们一起参加最后的终评演出。我的参评剧目是《折子戏专场》,分别是昆曲《林冲夜奔》、移植剧目《野猪林·白虎堂》、河北梆子《瓦桥关·血战瓦桥》,这三出折子戏有经典传统剧目,有移植改编剧目,有新创剧目,集中展示了身为武生演员,在长靠、箭衣、短打不同扮相的艺术特点,同时,又突出了在唱、念、做、表、舞、翻、打、扑、跌等技术技巧方面的全面展示。同样是林冲,《林冲夜奔》与《白虎堂》体现了他不同的心理心态和情感,"夜奔"中的愤懑、不甘以及被激发的反抗意志;《白虎堂》中最初的恐惧到震惊、难以置信的无奈等情绪,而这些情感和心理的细微变化,既要通过唱、念表现,更要通过做、舞来体现。这都是需要不断研磨体会,把自己放到人物中,把人物放到自己心里,最终体现在一招一式、一唱一念中,才能完成人物的塑造。

《瓦桥关》饰演杨延昭

演出在广东艺术剧院举办。令人没想到的是,作为北方代表剧种的河北梆子,在广州也会受到热烈追捧,演出现场座无虚席,整场演

《恶虎村》饰演黄天霸　　　　　《宝莲灯》饰演沉香

出效果非常火爆，观众反响十分热烈，就如我在媒体见面会上所说的一样，我们整个剧组将会用最佳的状态和最好的心态将这台参评剧目完美地呈现给观众。现场观众的反应，让我知道我们做到了！站在梅花奖的领奖台上，我感慨万千！从内心深处，由衷感谢我的领导、老师、同事们的全力支持，大家发挥出了一个优秀团队应有的精气神，体现出了"一棵菜"团队协作的精神，将一场跌宕起伏的精彩演出奉献给了广东的观众朋友。这也让我清楚认识到，舞台上只要我们付出了百分百的努力，观众就会认可，就会喜欢，就会热爱！这是我从艺以来演出最圆满成功的一次，使我终生难忘，最终圆梦梅花！

　　回顾自己这些年来的不懈奋斗与追求，最终能够如愿以偿完成自己的梦想，荣获中国戏剧梅花奖，正是梅花的精神让我充满力量，是梅花的品格让我坚定信仰，是梅花的风骨让我百炼成钢，是梅花的暗香让我无限向往，我既兴奋也很激动，这是对我三十年从艺之路的一个肯定，同时也是一次激励和鞭策。我深深知道，获得梅花奖不是终

荣获第 31 届中国戏剧梅花奖

点,而是一个新的起点。多少前辈艺术家在获得梅花奖后,使自己的艺术又有了一个质的飞跃,为各自剧种的传承与发展作出了卓越的贡献,为观众送去了更多更好的优秀经典作品,极大拓宽了剧种的发展和社会影响力。榜样在前,获奖之后我不敢有半点儿松懈,一直在思考总结我未来要做的事情,要发展的方向,对剧种的传承和发展要作出哪些贡献,怎样突破自己在表演艺术上的瓶颈,也感受到自己身上的责任和担子,获得肯定与赞美的同时,也体会到了"不经一番寒彻骨,怎得梅花扑鼻香"这两句话的深刻含义,每个戏剧演员都是在磨砺中成长起来的,只有经历了人生千锤百炼的历练,未来才能走得坚

演出前的准备

定踏实。当拿到梅花奖奖盘的那一刻时,我看着上面吴作人先生亲题的"梅花香自苦寒来"这几个字,感触颇深,一路走来的每一幅画面都一一浮现在脑海里,人生的酸甜苦辣俱都尝尽,恰似梅花,历尽严寒终将灿烂绽放。这也让我的信仰更加坚定了,坚定了在戏剧表演艺术这条康庄大道上走下去的信心和勇气。是河北梆子剧种培养了我,造就了我,滋润了我,为河北梆子剧种的发展和传承作出自己的贡献,一辈子一件事,这是一件多么幸运且幸福的事情呀!

今年是中国戏剧梅花奖四十岁生日,能够在今年获得这份荣誉,也是我这个青年武生演员莫大的荣幸。学无止境,艺无止境,活到老,学到老已经成为我未来从艺之路坚定的信念,站在这个新的起点,我会不忘初心,勇挑重担,精益求精,砥砺前行,以梅花精神激励自己,以梅花品格塑造自己,在戏剧表演艺术这条路上一步一步,扎实前行,为河北梆子剧种的繁荣发展,为中国戏曲的传承创新努力再努力!

《宝莲灯》剧照

2018年12月,郝士超在石家庄人民会堂演出《宝莲灯》饰沉香

《林冲夜奔》剧照

饰林冲

《瓦桥关》剧照

饰杨延昭

《野猪林》剧照

饰林冲

《战马超》马超

《长坂坡》赵云

《钟馗》饰钟馗

以传统为根

以创新为翼

让平调落子在时代的

舞台上绽放新韵

赵艳杰

赵艳杰，入选中青年文艺人才"燕赵秀林计划"。一级演员，中国戏剧家协会会员，中国戏曲表演学会会员，中国戏剧"红梅花"荣誉称号获得者。河北省宣传文化系统"四个一批"人才，河北省新世纪"三三三"拔尖人才，河北省"燕赵英才"。邯郸市戏剧家协会副主席，邯郸市非遗代表性传承人，邯郸市第十一、十二、十三届政协委员。

毕业于邯郸市艺术学校，主攻青衣、闺门旦、花旦。1991年，分配到邯郸平调落子剧团工作。2005年，成为平调落子表演艺术家李魁元老师入室弟子。她在全面继承了李派艺术精华的同时，广泛借鉴梆子、豫剧、评剧、晋剧的演唱方法，丰富了平调落子的唱腔韵味，使李派艺术更具鲜明的时代性。

赵艳杰戏路宽广，扎根传统，紧跟时代，善于从饰演人物中突出角色特征、从唱腔中因戏而宜体现剧种特色、从剧情需要中深入挖掘角色内心，唱念做打，优美

个人介绍

细腻，洒脱自然，既能表现花旦的乖巧灵动，又能表现青衣的端庄沉稳，既能刻画传统人物，又能塑造当今英雄，深受广大群众的喜爱和专家学者的赞扬。

在《借髢髢》中饰演王嫂，她完美展现了落子戏的朴素自然、接近生活、念唱口语、边唱边做、载歌载舞、活泼自如、庄谐兼重的剧种特色，把王嫂这个诙谐幽默、善良活泼的人物刻画得活灵活现、丰满立体。在《鸳儿记》中饰演刘惠英，她把落子剧的各种行腔板式，充分融合到人物的悲、喜、怒当中，运用入戏情深的道白，运用匐地三跪、水袖上甩的艺术借鉴，恰到好处的喜怒哀乐控制，把一个坚强刚直、慈孝善良、重情重义的刘惠英，完美地呈现在观众面前。在现代平调剧《江姐》中饰演江姐，在还原平调落子旋律委婉、韵味醇厚、高亢激昂特色唱腔的基础上，发挥了自身唱腔发音清脆、洪亮悦耳的特点，以情助戏、以戏扬情，唱做并重，把江姐大义凛然、坚贞不屈、对党忠诚的大无畏革命精神，表现得淋漓尽致。

《并蒂莲花》以平调落子艺术大师李魁元的生平为蓝本，是对李魁元一生艺术历程的深情追忆，它不仅重现了她的艺术风采，也映照了她对戏曲艺术的无限热爱和执着追求。作为李魁元老师的入室弟子，赵艳杰是主演李魁元原型人物的不二人选。经过无数个日夜的辛勤排练和全情投入，平调落子剧《并蒂莲花》在璀璨的舞台上绽放出耀眼的光彩，成为戏曲艺术宝库中的一颗璀璨明珠。

在《并蒂莲花》的精心编排过程中，身为李魁元老师的得意门生，赵艳杰深知，迎接这一挑战是她义不容辞的责任，她必须全身心地投入。面对这一前所未有的挑战，只有全力以赴，才能不负师傅的期望和观众的期待，她以最高的艺术标准要求自己，每一个精准的亮相动作，每一套流畅的表演，都真切地展现了一个戏剧演员从小勤学苦练的艰辛与不易。剧中塑造的"李淑元"角色，不仅是对师傅艺术生涯的深情致敬，更是对她自身演技的一次严峻考验。跨越从青涩少年到沧桑老年的广阔人生，她致力深入挖掘并准确表现主人公在不同生命阶段的复杂情感与性格特点，从年少时的纯真梦想到成年后的曲折探索，再到晚年的执着追求，每一阶段都充满了动人心弦的故事。剧中人物在拜师学戏练功的场面，导演还安排了水袖枪对打、舞剑穗、卧鱼亮相、大刀花、舞长水袖等特技，还有唱腔上的突破和创新，肩负着众人的期望，赵艳杰以实际行动证明自己，不负众望，将这份沉甸甸的信任转化为舞台上的辉煌。

《并蒂莲花》的编排，是赵艳杰对师傅李魁元老师一生艺术追求的深情追忆，同时也是对平调落子艺术深邃内涵的一次深入诠释。剧中的每个细节、每段唱腔，都凝聚了她对师傅的无限敬仰和对艺术的深沉热爱。

赵艳杰是平调落子这一非遗剧种的忠实传承者，肩扛剧团领衔主演的大旗，在戏曲的传承、振兴和发展道路上，脚踏实地，辛勤耕耘，用执着的追求书写着灿烂的人生。

作品

《并蒂莲花》剧照及相关照片

博观而约取，厚积而薄发

翟羿

    翟羿，入选中青年文艺人才"燕赵秀林计划"。1985年生，现任保定市艺术研究所所长，河北省戏剧家协会会员，保定市首批青年拔尖人才、保定市学术技术带头人、保定市青年岗位能手。作品曾获第十三届河北省文艺振兴奖，第九、十、十二届保定市精神文明建设"五个一工程"奖等重大奖项，入选2017年河北省青年优秀原创舞台剧剧本征集活动扶持项目，2018年、2020年河北省舞台艺术精品工程项目，2022年度河北省中青年剧本扶持项目等。

    2009年，翟羿自北京电影学院动画专业毕业，任北京吉利大学专业教师，创作的动画片《星系保卫战》《饼干警长》登上中央电视台并多次播出，成为一代儿童的记忆。

    2012年，翟羿进入保定市艺术研究所，从此把对艺术的热爱浇灌在家乡的热土上。他深耕保定历史文化资源，陆续创作话剧《油条哥》《胡杨·红柳》《忠诚的誓言》《检察官誓言》《小村大夫》《大淀》、新编老调历史剧《关汉卿》等，共计巡演上百场。

"《燕赵风骨关汉卿》是一部老调定制戏。"谈起这部剧的诞生由来，翟羿说，一开始就是为老调"量身打造"。当时，保定艺术剧院里的其他剧团，如河北梆子团等多多少少都有一两部自己的代表作品，然而，作为保定代表剧种的保定老调，近几年来却没有一部能够拿得出手的优质剧目。于是，为了弥补老调团的这一缺憾，自2017年初，翟羿和刘欢就断断续续开始搜集资料、列选题和构思剧本框架，甚至还去了保定周边一些文化名人的故居和纪念馆参观学习。

保定老调的唱腔质朴激越，粗犷高亢，具有燕赵精神忠肠烈骨、慷慨悲歌的特质，契合了主人公关汉卿的人物性格。关汉卿家乡戏与北方昆曲融合使用，使全剧音乐色彩更接近关汉卿当时所生活的历史环境。

秉持着"让更多的年轻人走进剧场，弘扬中华古典文化"的信念，从2017年至今，《燕赵风骨关汉卿》的创作团队一直在精益求精，不断打磨、不断完善这部作品。

2016年，翟羿入选河北省青年剧作家班，在导师孙德民的指导下创作儿童剧《天天历险记》，并在入选2018年国家艺术基金儿童剧编导培养项目中继续打磨提高。2020年8月，该剧在保定关汉卿大剧院上演，受到广大小朋友喜爱，场场爆满，一票难求。

"尽可能地让孩子们从剧中领悟一些道理，促进他们的能力养成，接受正面的、向上的精神意蕴。"基于这样的初衷，翟羿创作了《天天历险记》这个充满童趣又给人启迪的故事。剧情围绕酷爱玩游戏的男孩儿天天展开。一天，他和妈妈顶嘴，赌气想让妈妈消失，结果妈妈真的消失了。为了找回妈妈，天天和他的小狗卡卡一起追进了游戏世界，并在这里遇见了变成女王的妈妈、邪恶的鬼脸大王……

在创作手法上，翟羿说，他用"一个小孩在游戏世界的冒险"这个简单的故事吸引小观众，用"网瘾少年走出游戏世界"这个社会问题吸引家长。游戏中的朋友、敌人一起让天天感受到了诚实与谎言、勤奋与懒惰、智慧与愚昧、勇敢与怯懦……天天做出了自己的选择，勇敢地长大，小观众会在这个过程中得到成长的力量、正能量的感染；而家长也会有所思，如果游戏、手机、电视是孩子情感的陪伴，那么作为家长，你在孩子的成长路上又扮演怎样的角色？

翟羿以展示保定历史文化、全国首个奥运冠军之城等主题，创作了长篇评书《保定铁球传奇》、舞台剧《冠军之城少年梦》等，积极传播好河北声音、保定声音。

在文旅融合浪潮下，翟羿在艺术创作形式上不断探索，围绕跨界融合和精品创作进行尝试。他结合5G、XR、元宇宙等新技术、新形式，以直隶总督署、保定军校等为题材组织创作沉浸式演出剧目《遇见总督》《保定军校记忆》等，展现出独特的舞台效果和视觉冲击力，为文艺创作带来了更加丰富多样的可能性。

十几年初心不改，翟羿坚持以人民为中心的创作导向，在艺术道路上终日乾乾，与时偕行，持续书写他对党和国家、对土地和人民的深厚热爱，为讲好保定故事、河北故事、中国故事贡献着自己的力量。

作品

音乐儿童剧

天天历险记

时　间　当代

地　点　城市

人　物　天天——男，九岁，小学生。

　　　　妈妈——女，三十五岁，天天的妈妈。

　　　　卡卡——天天的宠物狗。

　　　　梦旅人——男，六十岁，可以在现实世界和异世界来回传送的神秘老爷爷。

　　　　女王——异世界的统治者，天天的妈妈进入异世界后成了女王。

　　　　混世魔王的暴躁王——混世魔王三兄弟的老大，只会用暴力对待别人。

　　　　混世魔王的鬼话王——混世魔王三兄弟的老二，只会用鬼话蛊惑欺骗。

　　　　混世魔王的懒蛋王——混世魔王三兄弟的老三，只会发射懒惰光波害别人。

　　　　艺术家——三十岁，游戏世界里热爱画画的男人。

　　　　清洁工——五十岁，游戏世界里勤劳工作的老婆婆。

　　　　鞋匠男孩儿——二十岁，游戏世界里鞋匠铺的男孩儿。

甜品女孩儿——十八岁，游戏世界里甜品铺子的甜品制作师，鞋匠男孩儿的恋人。

另有游戏世界的人民若干。

〔幕启前：梦旅人上。

梦旅人 我们生活的这个世界，是一个矛盾的世界，每一件事物都有两个对立面：正义与邪恶、诚实与谎言、勤奋与懒惰、智慧与愚昧、美丽与丑陋、坚持与放弃、勇敢与怯懦……太多太多了。那么，我们生活的这个世界之外，还有别的世界吗？我可以从我生活的这个世界通往另外一个世界吗？小朋友们，一起来跟我去瞧瞧看吧。

第 一 场

〔光启。天天的家。天天从舞台一侧上，宠物狗卡卡从舞台另一侧上。

天　天 小朋友们，告诉你们一个天大的好消息，我，天天，今天放暑假啦！

〔天天快乐地笑，和宠物狗卡卡激动地抱在一起，卡卡摇着尾巴伸着舌头，感受着天天的快乐。

天　天 （对台下）小朋友们，你们有宠物吗？这是我的宠物，它是一只小狗，它的名字叫卡卡，卡卡，放暑假啦！我们能每天在一起玩儿啦！

〔卡卡激动地拉起天天的手，一起开心地转圈圈。

天　天 （试探地）爸爸——

〔无人应声,只有卡卡"汪汪"叫一声。

天　　天　(试探地)妈妈——

〔无人应声,只有卡卡"汪汪"叫一声。

天　　天　(激动的)爸爸妈妈都不在!我解放啦!耶!

〔天天赶紧把书桌上的作业本全推在地上,挥舞起双手敲击着键盘玩起了游戏。(演员表演,不需要实物电脑,只用键盘和人物动作表示在玩游戏)

〔卡卡叼起作业本,可怜兮兮地走到天天面前递给他,可天天却伸手把作业本打掉。

天　　天　走开!我正玩儿得起劲儿呢!

〔卡卡捡起地上的作业本,又一次地叼给天天。

天　　天　（一把推倒卡卡）哎呀！你烦死了！我不想做作业！我只想玩儿游戏！卡卡，你还是不是我最好的朋友？！

卡　　卡　（一脸真诚，使劲儿点头）汪汪！

天　　天　那你还监视我？哼！你现在就是妈妈派来监视我的臭小狗！

〔卡卡委屈极了，可怜兮兮地蹲在墙角。天天继续忘我地敲击着键盘。

〔灯光渐暗，音乐起，键盘不停敲击的声音，天天沉浸在游戏世界的氛围。

背景人物　（低音合声）我的世界，游戏的世界，虚拟的世界，快乐的源泉。

〔天天激动地起身，手拿着键盘走向舞台中央。（演员眼神盯向观众席，演出忘我地盯游戏屏幕的状态）

天　　天　（唱）暑假的每一天

　　　　　妈妈加班、爸爸挣钱

　　　　　只有我一人

　　　　　被锁在家里面

　　　　　丢掉课本、扔掉作业

　　　　　打开电脑，

　　　　　进入我的世界

背景人物　（低音合声）我的世界，游戏的世界，虚拟的世界，快乐的源泉。

〔天天忘我地敲击着键盘，投入地玩着游戏。

〔突然闹钟响起，卡卡着急地站起来汪汪地叫着。

天　　天　糟了，妈妈的下班时间到了！

〔天天赶紧收起键盘，把地上散落的作业捡起来。卡卡焦急地帮天天整理书桌。天天在书桌前迅速地坐下假装认真学习，却又忍不住打起了盹儿。卡卡只好用鼻子不停地蹭天天的脸提醒他不要睡着。

〔妈妈和伴舞者上，妈妈坐公交车的程式化表演。

妈　妈　（唱）单位的工作辛苦，

回家的路还很堵。

我是职场达人，

应付不完的人情世故；

我是贤妻良母，

换句话说也叫全职保姆。

单位银行物业超市，

加班还款交费购物。

（电话响，接电话）哎，你好，王老师，我刚加完班，回家路上呢，不好意思，暑期打卡马上提交。（挂电话，水果撒了一地，捡起来发现袋子破了，电话又响起）爸爸电话：老婆，我明天出差，一周后回来！（电话挂断的嘟嘟声）

妈　妈　（唱）心里的苦，又能和谁说清楚？

〔演员定格，音乐止。

〔妈妈进门，打盹儿的天天一个激灵起身，拿起笔写作业。妈妈走到天天书桌前，拿起了他的作业本，脸色一沉，脚步踉跄了一下，拿着作业本的手颤抖起来。

妈　妈　（生气）整整一个上午，一道题都没做！你是不是又玩儿游戏了？！

〔妈妈拎起鸡毛掸子就要打，天天叹气赶紧从书桌前跑开。

天　天　卡卡，救我！

〔卡卡见状，赶紧把自己挡在天天身前，一边护住天天不让他挨打，一边用眼神哀求着妈妈不要打他。

妈　　妈　起开！卡卡，我让你监督他，你是跟他一块儿骗我！

天　　天　我没有骗您！

妈　　妈　还敢撒谎？！打不死你我！

〔母子俩开始了追逐战，卡卡在两人之间上蹿下跳地拉架。

天　　天　凭什么你们天天上班玩儿！把我一个人锁在家里写作业？！

妈　　妈　我们在外辛苦奔波，只为给你创造条件好好学习！可你呢！你就是用撒谎和游戏来报答我的？！

〔妈妈生气地捶胸顿足，流下了伤心的眼泪。

妈　　妈　（唱）失去了自己，成为妈妈。

　　　　　一切都是为你，却换来了谎话。

天　　天　（唱）我没有自己，我成不了学霸。

　　　　　一切都是为你，我快要爆炸！

妈　　妈　（唱）我为你费尽了心血，只想把最好的给你。

天　　天　（唱）我什么都不想要，只想要有人陪伴的假期。

妈　　妈　（唱）你根本不懂我的用心良苦。

天　　天　（唱）你只会把我当成木偶一样摆布。

妈　　妈　（唱）一直把你捧在手心里，怪我太过宠溺。

天　　天　（唱）我想要逃离你的手掌心，我就快要窒息。

〔母子俩气呼呼地怒目而视。

妈　　妈　（叹气）我累了，我要去卧室躺一会儿，作为惩罚，我要收走你的电脑！

〔天天瘫坐在地上，委屈地哭了起来。卡卡默默地坐在天天身旁，用舌头温柔地舔着卡卡的脸安慰他。

妈　　妈　卡卡，过来！让他一个人待着，好好反省反省！

〔卡卡使劲儿摇头，紧紧地抱住天天，不愿意离开。

妈　　妈　（生气地瞪了天天和卡卡，转身拿起键盘）从现在起，永远禁止你玩游戏！

〔妈妈离开，进里屋。

天　　天　完了，我再也不能玩游戏了！（伤心地扑进卡卡怀里。

〔演员定格，切光。

〔舞台上方，一道彩虹桥出现，音乐起，梦旅人从观众席缓缓走向舞台。

梦旅人　让我瞧瞧，这是什么地方？（四处张望，看到了在座的小观众）为什么这里这么暗？还有这么多小脑袋？那边（手指向舞台，看到天天）那颗小脑袋，好像是在哭？让我去瞧一瞧！

〔舞台前景下方光启，天天坐在地上大哭，梦旅人朝舞台走去。

梦旅人　小朋友，你仿佛很不开心？

天　　天　不开心极了！（突然反应过来吓了一跳）你……你是谁？

梦旅人 我叫梦旅人！做梦的梦，旅行的旅，是的，我是总在梦中旅行的人！

天　　天 梦中旅行的人？那你……从哪儿来？

梦旅人 我来自……我来自？（努力思考）我来自另一个世界，是你的世界之外的世界。

天　　天 你胡说，这个世界上只有一个世界！

梦旅人 （笑笑）你觉得，天上有几个太阳？

天　　天 一个呀！

梦旅人 错！天上是只有一个太阳，但银河系里有无数个太阳，宇宙里有无穷个太阳！所以，你觉得这个世界上只有一个世界，可是整个宇宙里，有无穷无尽的数不清的世界。懂了吗？

天　　天 （思索着摇摇头）好像有点儿懂，又好像有点儿不懂！

梦旅人 （哈哈笑几声）正常正常，你们人类的这些小脑袋瓜呀，都不是特别灵光。你今天遇上我，算你走了大运！因为，我今天决定，看到一个不开心的孩子，我会给他一颗彩虹糖，只要许一个愿，吃下这颗彩虹糖，就可以实现你的愿望！

天　　天 （激动地站起身）真的？！

梦旅人 千真万确！（手里变出一颗大大的糖果）这，就是那颗可以实现你愿望的彩虹糖！

〔里屋传来妈妈打哈欠的声音，梦旅人赶紧起身准备离开。

梦旅人 小朋友，我得走了！记得许愿噢！

〔梦旅人把糖果扔向天天离开，天天一把接住。

天　　天 （把糖果放在桌上，来回踱步思考）我要许个什么愿呢？我不想被每天锁在家里过暑假！我讨厌一个人待在家里！（灵机一动）有了！彩虹糖，我要许愿，请把我带进游戏世界里，我想要去游戏世界里过暑假！

〔天天双手合十，闭上眼睛虔诚地许愿。这时，妈妈伸着懒腰从里屋出来，看到桌上的糖果，一口吃下。

〔切光，屋子突然全黑。

天　天　啊？什么情况？停电了？妈妈！妈妈！

〔光渐亮。

天　天　（发现桌上的糖果不见了）咦？糖果呢？不见了！刚才那个梦旅人看来是个骗子！（转向里屋喊）妈妈！咦？妈妈也不见了！卡卡，妈妈不在家，我又可以玩儿了！耶！哈哈哈哈！我自由了！我自由了！

〔天天拉着卡卡开心地转圈，他拿起遥控器打开电视（电视可不用实体表现，用声音即可），电视里传出了欢快激烈的音乐声，天天和卡卡开心地跟着舞了起来，五彩的灯光闪烁，天天满屋子乱蹦乱跳，一会儿拿起零食大口吃，一会儿躺在地上和卡卡打滚，一会儿打开电视翘起腿看。

〔光一点点暗下，声音一点点减弱，渐渐地，整个房间里变得一片幽暗、寂静，天天打起了盹儿。

天　天　（突然睁眼醒来）妈妈！你回来了吗？我肚子饿了！快给我下碗面条！

〔无人应答，天天从地上爬起来，四下张望。突然，一股冷风刮了进来，窗户吱吱呀呀作响，天天抱紧双臂瑟瑟发抖，感到又冷又害怕。

天　天　卡卡！

〔饿晕了的卡卡从角落起身，有气无力地走到天天身旁卧下。

天　天　你怎么了卡卡？

〔卡卡用嘴叼起空饭盆，让天天喂它。

天　天　我不会做饭，我也很饿！

〔卡卡垂下头，无精打采地卧下。

天　　天　（大哭起来）我好饿好冷！没人给我做饭了！没人照顾我了！

〔舞台上方局部光起，彩虹桥和梦旅人再次出现。

梦旅人　这个孩子怎么又哭起来了？你的愿望不是实现了吗？你的妈妈消失了！

天　　天　（想起了刚才的愿望，大哭起来）我的妈妈不见了！你知道我的妈妈去哪儿了吗？

梦旅人　哎呀！糟了！你的糖果是不是被妈妈吃掉了？！

天　　天　啊？糖果确实和妈妈一起消失了！

梦旅人　你许了什么愿？

天　　天　我许了……想消失在这个世界，去游戏世界里玩耍！

梦旅人　这下可不好了！你的妈妈吃下了彩虹糖，实现了你的愿望！

天　　天　啊？！

梦旅人　快去拿电脑！打开游戏看看！

〔卡卡赶忙去找键盘递给天天，然后和天天一起坐在书桌前睁大双眼望向前方。

天　　天　　妈妈！妈妈在游戏里！

梦旅人　　（捂脸）噢！我的天哪！

天　　天　　不行，没有妈妈，谁来照顾我啊，我不能没有妈妈！（大哭）

卡　　卡　　（激动地）汪汪！

梦旅人　　哎哟，原来是个妈宝男！

天　　天　　我要去把妈妈找回来！梦旅人，求你帮帮我！

梦旅人　　（犹豫的）这个嘛……

天　　天　　求求你了……

〔卡卡跑到梦旅人面前，使劲儿咬着梦旅人的衣角替天天求情。

梦旅人　　好了好了！我可以破例再给你一颗彩虹糖，可是，你要做好心理准备，游戏世界里，充满了许许多多的冒险、危机、挑战和困难！

天　　天　　没关系，我要去找妈妈！

卡　　卡　　（激动地大叫，提醒天天带上它）汪汪！

天　　天　　也给卡卡一颗，它是我最好的朋友！

梦旅人　　（摇摇头）真是个难搞的小孩！（掏出一颗彩虹糖扔给了天天）真是只难搞的小狗，（掏出一只彩虹糖递给卡卡）吃掉它吧！

〔双手合十虔诚地许愿。

天　　天　　请把我带到游戏世界，找回妈妈！

卡　　卡　　汪汪！

梦旅人　　你准备好了吗？

天　　天　　（点点头）我准备好了！

卡　　卡　　（点点头）汪！

梦旅人 （用一种神秘、缓慢的音调念起了咒语）彩虹桥，挂树梢，乘着它，入云霄……孩子，吃下彩虹糖吧！

〔天天把彩虹糖一口吞了下去，一阵白烟飘起，天天、卡卡、梦旅人和彩虹桥消失在了白茫茫的浓雾之中。

梦旅人 （声音）孩子，祝你们好运！

〔光暗。

第 二 场

〔局部追光起，一片黑暗中，天天蜷缩着身子滚了进来。他从地上爬起，紧张地四处张望。紧接着，卡卡滚了进来。

天　天　这是哪里？

卡　卡　天天，这里是游戏世界！

天　天　（惊讶地）卡卡，你怎么会说话了？！

〔卡卡惊讶地捂住了自己的嘴巴。

天　天
卡　卡　（一起惊讶地）OMG！

〔舞台光启，我的世界游戏里的场景，舞台后景，是坐落在山顶高处的城堡，舞台前景，是小城一处热闹的集市街角。一声号角突然响起，游戏世界里的居民们从房子里三五成群地走出来，涌入街角。

〔一段居民的歌舞表演。

众居民　（合唱）这里是我的世界，
　　　　　明日是女王的盛宴。
　　　　　我们要为她露出，
　　　　　最精彩绝伦的表演。

这里是我的世界，

明日是女王的盛宴。

我们要为她献上，

最甜蜜、最好吃的甜点。

〔歌舞停，演员定格。天天在人群中穿梭、观察，突然他一拍脑门，想起了什么。

天　　天　天哪！我真的来到了游戏里！这里是我的世界！真是太棒了！

卡　　卡　天哪！这简直太神奇了！

天　　天　卡卡，我最好的朋友，你能说话真的是太好了！

〔卡卡开心地拉着天天的手激动地手舞足蹈。

〔突然，演员定格结束，街角恢复热闹的集市场景，居民们有的在修皮鞋，有的在练杂耍，有的在清扫街道，有的在揉面。一位画家来到舞台前方，放置好了画板认真地画画。居民们在画家身旁围观。

甜点女孩儿　哇！好美！

画　　家　明日就是女王的盛宴，我要为她献上最美的画作。

甜点女孩儿　可以把你的画印在女王的甜品盒上吗？一定美极了！

画　　家　当然可以！

〔天天带着卡卡穿梭在居民中，注意到了画家，向他走去。

天　　天　我认得你！你是画家！

画　　家　（耸耸肩）是的，很明显，我是个画家。

天　　天　我不光知道你是画家，我还知道你的一切，甚至知道你的未来！

画　　家　（看了眼天天，向众人喊）这是哪里来的爱吹牛的小子？

〔众人听到画家的喊声，都围了过来，好奇地打量着天天。卡卡连忙上前把天天护在自己身后保护他，却被天天一把推开。

天　天　（有些不服）哼！你可别不信！我现在就来说说你的故事线！你的画一文不值！你变得穷困潦倒，家人最后都离你而去！你无力偿还混世魔王的高利贷，于是他们撕毁了你所有的画，你失去了家园、失去了家人，只有我，天天勇士的出现，才能够拯救奄奄一息的你！

画　家　呸！狂妄自大、自以为是的臭小子！

〔画家生气地摔掉手中的画笔，收了画板离开。

〔众居民注意到了这个突然出现的小男孩，小声嘀咕着。

〔甜点女孩儿拉起身旁的鞋匠男孩儿靠近天天。

采茶女　你会算命？！

天　天　可以这么说，你们的命运，我了如指掌！

采茶女　那你给我们算算呗，我和他（挽起男孩儿的胳膊），我们就快要结婚了！我们会幸福吗？

天　天　（打量了二人，摇摇头）你们两个很快就会被拆散，你，清纯可人的甜点女孩儿，会被混世魔王抢走。你，鞋匠男孩儿，会孤苦一生，只有我天天勇士，才能拯救你们的爱情！

〔甜点女孩儿捂起脸，痛哭着跑开。

鞋匠男孩儿　（愤怒的）你不是什么勇士！你就是一只臭虫！

卡　卡　（一脸焦急，小声提醒天天）天天，你就少说两句吧！

天　天　（得意地抱住双臂）我就不！

〔街市上的居民们对天天纷纷露出不友善的表情，对天天指手画脚。一位清洁工老太太拿着扫帚故意走过来扫天天。

清洁工　打扫了，让一让！把这街上的脏东西都扫干净了！

〔天天的屁股被清洁工的扫帚把子怼了一下，疼得他直揉。

天　天　哎哟！疼！你扫到我的屁股了！

清洁工　我是扫垃圾的清洁工，你和你的屁股，在我眼里，都是垃圾！

〔众人哄笑，天天有点儿恼羞成怒，卡卡赶紧把他拉住。

天　天　哼！你不过是个清洁工，在游戏世界里，你只是个工具人！你没有感情没有爱，你，只是个工具而已，和你手中的扫把、簸箕没什么两样！

清洁工　你胡说，我热爱我的工作，工作让我变得充实和快乐！你这个不知天高地厚不知从哪里钻出来的野孩子！

〔一旁的卡卡又是拉天天，又是给居民们作揖。

居民a　自以为是的臭小孩！你太没礼貌了！你以为你是这个世界的上帝？

居民b　太不尊重人了！还自诩为勇士？！呸！

众　人　（大声嚷嚷）这里不欢迎你！滚出去！

〔人潮敌视天天，向他涌来，卡卡将他护住，天天露出一丝害怕的神色，但他又很快鼓起勇气面对人群。

天　天　不！我不走！我来这里是为了找我的妈妈！你们见过她吗？

她长着大大的眼睛,她有一头乌黑的长发,她的嗓门特别大!她发起火来……

〔音乐响起,舞台高处光启,女王走出,伸了个大大的懒腰。

女　　王　（唱6,爵士）
我好像做了一个梦,
我变成忧伤的女孩儿,
她背着沉甸甸的蔬菜,
压得人喘不过气来。
终于我从噩梦中惊醒,
幸福赶走了梦魇的阴霾。
拥抱这甜蜜芬芳的花海,
我的生活是如此的绚烂精彩。
我是美丽的女王,（合唱:美丽的女王）
我是幸福的女孩。（合唱:美丽的女王）
我是尊贵的女王,（合唱:尊贵的女王）
臣子爱戴,
众民膜拜。

〔街市的民众们将手放于胸前,向糖果国的女王虔诚地行礼。

天　　天　（突然认出了女王）妈妈?!妈妈变成了女王?!妈妈!

〔众人哄然,纷纷向天天投向鄙夷的目光。

采茶女　他竟然叫女王妈妈!

画　　家　简直无法无天!

〔女王停止歌声,蹙起眉。

女　　王　哪里的声音如此刺耳?!

天　　天　（撒娇大哭）妈妈是我啊!我是天天啊!妈妈我好饿!我要吃你做的炸酱面!你瞧,宝宝的衣服也脏了,你快给宝宝洗

洗吧！

女　　王　岂有此理？！竟然让本女王给你做饭？！给你洗衣？你是哪里钻出来的小怪物？！

天　　天　我不是什么小怪物，我可是您的大宝贝啊！

女　　王　（哈哈大笑）少胡扯了，本女王可没有你这样讨人厌的大宝贝！

卡　　卡　（焦急的）天天是您的儿子！我可以做证！

女　　王　噢？这又是哪里来的小怪物？

卡　　卡　我是卡卡！我是您最爱的小狗！汪汪！

女　　王　噢？小狗？！这只小怪物嘛，毛茸茸的，比那只（指着天天）可爱多了！哈哈！

天　　天　妈妈！您真的不记得我们了吗？！

女　　王　（一脸嫌弃地看了看天天）我亲爱的子民们，你们来说说，这孩子到底是什么人？

〔子民们向女王行礼，纷纷站出来指责天天。轮唱开始。

画　　家　他是个目中无人、虚伪傲慢、自称能主宰人命运的上帝！

采茶女　他是个口出狂言、品行不端、自称能拯救人危难的勇士！

清洁工　他是赖皮蛤蟆痴心妄想在泥潭（胡作非为不顾别人的小混混），

　　　　他是稀里糊涂以卵击石的愣头青！

众人合唱　他没有礼貌！

　　　　　　缺乏教养！

　　　　　　他是冒牌勇士！

　　　　　　讨人厌的男孩儿！

　　　　　　快走开，离开这儿！

女　　王　噢！真是个讨人厌的臭小孩儿！来人！将他赶出城门！（停顿一下）那只小狗，可以留下。

众　　人　是！

天　　天　（哭喊）妈妈！妈妈！

　　　　〔切光。

第 三 场

〔舞台另一处光启。又蠢又坏的混世魔王三兄弟上场。

三兄弟　（合唱）四周一片黑暗，

　　　　多么令人恐惧的夜晚。

　　　　躲在阴影中的我们，

　　　　在这时刻已兴奋起来，

　　　　我们是混世魔王。

　　　　我们是暗黑瘟神。

鬼话王　我是混世魔王三兄弟里的老三，我鬼话连篇，我这张嘴，骗人的鬼！人送雅号鬼话王！

懒蛋王　我是混世魔王三兄弟里的老二，我懒得要死，我这双魔爪，能让你们统统变成懒鬼！人人称我懒蛋王！

暴躁王　（像老虎一样咆哮一声）我是混世魔王三兄弟的老大！我十分暴躁，我特别不好惹！暴力是我解决一切问题的办法！大家都尊称我为暴躁王！

〔三兄弟发出阴险的大笑。

三兄弟　我们能将一切美丽，

　　　　变得黯淡，

　　　　我们能将一切香甜，

　　　　变得辛酸。

　　　　我们要给这个世界制造麻烦，

　　　　我们要给这个世界带来苦难。

　　　　我们要让这个世界彻底瘫痪。

暴躁王　我们是——集

鬼话王　欺骗！

懒蛋王　懒惰！

暴躁王　暴力！

三兄弟　（合）于一身的混世魔王——

暴躁王　我们的口号是？

三兄弟　（合）可劲儿祸祸！

〔混世魔王三兄弟定格。

鬼话王

懒蛋王　（齐）老大，我们祸祸啥？

暴躁王　我们祸祸的是，把我们赶出城门害我们混世魔王无家可归的女王！明日就是女王的盛宴，我要把她的盛宴变成她的祭奠！

鬼话王

懒蛋王 （齐）可劲儿祸祸！

鬼话王

懒蛋王 （齐）老大，咋祸祸？

〔鬼脸大王气得抡起手中的狼牙锤，鬼脸二王和小王吓得赶紧抱头蹲下。

暴躁王 （狼牙锤悬在空中）你们两个猪脑子，还不赶快想？咋祸祸？！

〔混世魔王三兄弟把头聚在一起围成一个圆叽里咕噜议论起来。

〔突然，传来天天的哭声，三兄弟注意到了不远处的小男孩儿。

天　天 我好难过好孤单，我的妈妈不认识我了，我最好的朋友卡卡也不见了。我不想孤身一人，让我进去，我要见女王，她真的是我的妈妈！

〔混世魔王听到一脸吃惊。

暴躁王 他说，女王是他的妈妈？不如，我们就带这个傻小子去……

鬼话王

懒蛋王 （齐）祸祸女王！

〔三兄弟煞有介事的点点头，向天天靠近。

鬼话王 你就是哭破了嗓子，女王陛下也不会听到的！

天　天 你们是？你们是混世魔王？你们是大坏蛋！

懒蛋王 你怎么知道我们？

天　天 我什么都知道！我清楚游戏世界里每一个人的故事线！你们仨，是游戏世界里最坏的大坏蛋！

〔三兄弟发现这小男孩儿不好对付，把头聚在一起，叽里咕噜地议论一番。

鬼话王 我们勇敢地承认，我们确实是大坏蛋。但是，自从女王来到糖果国，把我们赶出城门外后，我们，幡然醒悟！悔过自新！决定不再做大坏蛋！而是要做个老好人！

暴躁王

懒蛋王　（齐）是的，不再做大坏蛋，要做老好人！

〔三兄弟得意地互相交换眼色。

鬼话王　我们可以把你带进女王的城堡，让你们母子相认！

天　天　（半信半疑地打量他们）真的假的？可是你们看起来，确实不像什么好人！

暴躁王　你看起来也不像是女王的儿子！

天　天　我就是女王的儿子！

懒蛋王　我们就是好人！

三兄弟　（齐）是来帮助你的老好人！

天　天　你们，为什么要帮助我？

鬼话王　这个嘛！明日就是女王的盛宴，因为……我们想要为女王献上最符合她口味儿的甜品！以此来表示我们混世魔王的悔过之心。

天　天　可是，我不会做甜品……

三兄弟　没关系，这个包在我们身上。

〔暴躁王一把拉起天天，三兄弟把天天整个人抬起来架走。

天　天　（大喊）放我下来！

〔演员上，集市上的人群涌入。人们正热火朝天地为女王制作明日盛宴上的甜品。人们一边忙着干着手里的活一边开心地唱着。

甜品女孩儿　（唱）用最软的面团，

鞋匠男孩儿　（唱）用最香醇的牛奶，

清洁工　（唱）把新鲜的水果采摘，

画　家　（唱）调出最绚丽的色彩，

众　　人　（齐）做出世界上最可口、最美味的甜点。

甜品女孩儿　（推出装着各种口味的小蛋糕）做好了！哇！太美了！女王一定会喜欢！

画　　家　我们快去献给女王吧！

〔混世魔王三兄弟带着天天上，堵住了他们，子民们看到混世魔王的回归面露惊恐之色。

三兄弟　（齐）乡亲们，好久不见噢！

鞋匠男孩儿　（站出来护住甜品女孩儿和甜品推车）你们想干什么？
（转向天天）还有你？！

鬼话王　说话干吗这么大声，会吓坏你身后那甜美可人的姑娘的！我们回来参加女王的盛宴！

懒蛋王　可是两手空空的不太好看！（打个哈欠，伸个懒腰）所以，想要借用你们的甜品小车车！

天　　天　你们不是说要亲手做甜品献给女王吗？

懒蛋王　亲手做？小伙子，不要忘了我们是——

三兄弟　（齐，摆造型）混世魔王！

画　　家　呸！你们这些卑劣之徒！休想抢走我们用爱心和汗水辛苦做成的甜品！

暴躁王　（抡起手中的狼牙锤）少跟他们废话！抢！

天　　天　（拦住暴躁王）你们这么做是不对的！

鬼话王　兄弟们，这小伙真让人扫兴，先把他办了！

懒蛋王　遵命！（向天天伸出魔爪）吃我一掌懒惰光波！

〔天天瞬间打了个哈欠，瘫软了下去倒在地上。

清洁工　（抡起扫帚）你们这些大坏蛋！

懒蛋王　（伸出魔爪向所有人扫射）发送，懒惰光波！

〔人们立刻打起了哈欠，瘫软倒地睡着。

暴躁王　老弟棒棒哒！都不用俺魔王出手！

〔懒蛋王得意地推起小推车。

懒蛋王　我可懒得抬地上那小子，你俩来！

〔暴躁王和鬼话王拎起天天的头和脚。

三兄弟　（齐，狡猾一笑）走！去见女王！

第 四 场

〔女王城堡内,女王被女佣们簇拥着服侍。

女　王　（唱）闻着花朵的芬芳,

〔女王接过女佣递来的花朵闻了闻丢掉。

女　王　（唱）穿起华丽的衣裳,

〔女佣为女王披上漂亮的披肩。

女　王　（唱）喝完香甜的琼浆,

〔女王端起女佣递来的精致的茶杯喝上一口,放回托盘。

女　王　（唱）女王的生活,简直不要太爽!

〔女王兴奋地来回踱步,卡卡陪在她身旁。

女　王　（摸摸卡卡的头）听说,我的子民们为我制作了世界上最美味的甜品,啊!我迫不及待了!让他们快点儿来吧!

卡　卡　汪汪!亲爱的女王陛下,您的儿子还在城门外……

女　王　不许提那只讨人厌的小怪物!现在啊,你这只小乖乖就是本女王的宝贝儿子!来,快让妈妈抱一下!

〔卡卡被女王搂入怀中,它一脸的忧虑。

〔舞台前方,乔装打扮起来的鬼脸三兄弟推着甜品车,拉着打瞌睡的天天上场。

鬼话王　小伙子,快醒醒!要开始干活了!

〔天天打了个大大的哈欠,睁开双眼。

懒蛋王　你是女王的儿子,一定知道女王最爱吃的口味!

天　天　（思索半天）我……我知道我喜欢的口味,可不知道妈妈喜欢吃什么?

暴躁王　不会吧?你这什么儿子?!

鬼话王　连你妈爱吃啥都不知道？！

天　　天　妈妈只会给我买我爱吃的，我怎么会知道她爱吃什么？

懒蛋王　不重要，不重要！你是她儿子，你爱吃的，一定就是她爱吃的！

鬼话王

暴躁王　（齐）老弟精明！

〔三兄弟抱在一起得意地哈哈大笑。

天　　天　（上下打量三兄弟）你们为什么打扮成这样？

鬼话王　女王要是认出我们，还会吃我们亲手做的甜品吗？

天　　天　这不是你们亲手做的，是你们抢……

暴躁王　（上前一把捂住天天的嘴）小伙子，如果你想见到妈妈，最好管住你这张小臭嘴！

鬼话王　等女王吃掉甜品，称赞了我们的手艺，我们自会卸下这身装扮，向她忏悔认错。那时，心情愉悦的女王一定会重给我们弟兄仨糖果国的公民身份。

〔三兄弟抱在一起得意地哈哈大笑。

女　　佣　甜品到！

〔三兄弟连忙领着天天走向女王的宝座。卡卡看到天天"腾"地一下起身。

卡　　卡　天天！

〔天天对卡卡眨了眨眼，向它做了一个"嘘"的手势，卡卡马上意会，安静地退至女王身旁。

女　　王　是那个讨人厌的孩子，他怎么又来了？！

暴躁王　（向女王行礼）尊敬的女王大人，今日我们带这孩子来，是为了给您献上糖果国最最最最！

鬼话王　最最最最！

懒蛋王　最最最最！

三兄弟　（齐）最最最最好吃的甜品！

女　王　噢？我倒要看看，是有多么的最最最最好吃！

　　　　〔鬼脸大王踢了一下天天的屁股。天天揉揉屁股，端起杧果蛋糕向女王献上。

天　天　妈妈啊不，女王陛下，这是用糖果国最甜的杧果为您做的杧果奶油蛋糕！

　　　　〔卡卡连忙朝天天摆手，正想要说什么，却被女王一把抓到怀里撸了起来。

女　王　（看了一眼，皱起了眉）你不知道我对杧果过敏吗？而且我最讨厌吃奶油了！黏黏糊糊的！

　　　　〔卡卡挣扎着起身，正要开口提醒天天什么，却又被女王一把抓回怀里。

天　天　妈妈，你以前每天都会给我买杧果奶油蛋糕啊！怎么会不喜欢吃呢？你对杧果过敏？我怎么不知道？

　　　　〔卡卡在女王怀里默默地捶胸顿足。

女　王　怎么又是那个臭小子！你别叫我妈妈，真是个讨人厌的孩子！把你的甜品拿走！

天　天　我……

　　　　〔天天垂头丧气地拿着甜品退回至三兄弟身边，在女王身旁的卡卡一脸焦急。

鬼话王　你不会是个假儿子吧？

懒蛋王　连他妈妈吃杧果过敏都不知道！

　　　　〔三兄弟讪讪地笑，天天不开心地噘着嘴巴。

天　天　我不是假的！我就是女王的儿子，走着瞧！

　　　　〔天天放下杧果甜品，端起榴梿芝士蛋糕，向女王走去。

天　天　妈……女王陛下，这次为您献上的，一定是您最爱的口味儿！

女　　王　噢？送上来，我瞧瞧！

〔天天走到女王身边，卡卡在一旁一个劲儿地摆着想要阻止，可天天并没有理会。果不其然，女王一看到蛋糕竟然恶心地作呕起来。

女　　王　榴梿！榴梿！我这辈子最讨厌的味道就是臭榴梿！快！拿！走！

天　　天　（惊讶的）不可能啊妈妈！以前您还是我妈妈的时候，每次我吃剩下榴梿蛋糕，您都会一口气全部吃完的呀！

卡　　卡　（急得直跺脚）哎呀！天天！我也不知道该说你什么好了！

女　　王　来人哪！给我把这几个只能做出臭蛋糕的甜品师轰出去！

〔三兄弟急了。

暴躁王　你这个冒牌儿货！本以为把你带来能帮我忙！结果帮了我的倒忙！

鬼话王

懒蛋王　（齐）冒牌儿货！

天　　天　（急地哭起来）我不是冒牌儿货！她真的是我的妈妈！

女　　王　我才不是你的妈妈！我可没有生过你这么蠢的儿子！卡卡才是我的乖儿子，因为它知道我最爱吃什么口味儿的甜品！你们瞧着！（转头喊卡卡）卡卡！

卡　　卡　我……女王……天天……

女　　王　我最爱吃的是香皂味儿的甜品？

卡　　卡　（摇头）汪汪！

女　　王　我最爱吃的是香蕉味儿的甜品？

卡　　卡　（摇头）汪汪！

女　　王　我最爱吃的是香菜味儿的甜品？

卡　　卡　（兴奋地点头）汪汪汪！汪汪汪！

女　　王　（开心地拥抱卡卡）你才是我的大乖乖大宝贝！

〔卡卡难为情地望向天天，天天却"哇"地一声大哭起来。

天　　天　我的妈妈不爱我了！

三兄弟　（眼睛一亮，齐）她喜欢香菜味儿的甜品！

〔三兄弟得意地抱在一起大笑起来。鬼话王挑出香菜味儿的甜品，从口袋里掏出个小瓶子向甜品撒了撒，向女王走去。

鬼话王　全世界最美丽、可爱、迷人的女王陛下，请尝一口我为你做的用全世界最香的香菜制作的甜品吧！您一定会幸福地眩晕过去！

女　　王　（闻了闻蛋糕）哇噢！这味道太销魂了！（接过蛋糕）我要开吃了！

〔女王正要把蛋糕吃到嘴里时，卡卡突然用鼻子用力地嗅到什么，大声地汪汪叫起来。

女　　王　卡卡，你也想吃吗？我先吃一口噢！

〔女王叉起一口蛋糕，向嘴里送去。

〔三兄弟抱头大笑欢呼起来。

三兄弟　我们做到了，我们做到了！

天　　天　（一脸不解的）你们在笑什么？

〔这时，女王和卡卡争抢着蛋糕来到了舞台前方，卡卡将女王一下子扑倒，一口将她手里的蛋糕全部吞掉。将空盘子朝后扔去。

暴躁王　（捡起了空盘子）她吃了！她吃了！啊哈哈哈哈哈！女王吃掉我撒了毒的蛋糕，马上就要死翘翘啦！我的世界，非混世魔王莫属！

鬼话王

懒蛋王　（齐）我的世界，非混世魔王莫属！

〔三兄弟撕掉身上的伪装，露出了他们的鬼脸面具，三人阴险

	地大笑着群魔乱舞起来。
天　　天	什么？你们给我妈妈的蛋糕里下了毒？
女　　王	什么？！你们竟然是混世魔王！好啊你，这个不知哪里来的毛头小子，你竟然伙同这些大坏蛋们来害我！
天　　天	妈妈，不是这样子的！我不是！
	〔音乐起，光变幻，混世魔王开始作妖的小鬼们出现，王宫陷入一阵混乱群魔乱舞之中。暴躁王突然拿出狼牙锤，将女王从身后一锤打晕拖走。天天在一片黑暗混乱中寻找着妈妈。
天　　天	妈妈，对不起妈妈，我不是故意的！
	〔音乐渐停，光渐暗。
	〔转场，城门外。
	〔躺在地上的天天和奄奄一息的卡卡。苏醒的天天起身，发现倒在地上虚弱的卡卡。
天　　天	卡卡！你怎么了卡卡？
卡　　卡	（虚弱地发声）我，还不错！你呢？天天！
天　　天	卡卡！我的卡卡！我最好的朋友！
	〔天天和卡卡紧紧拥抱。
天　　天	卡卡，我好想回到那个有你、有爸爸妈妈一起陪着我的家，我不喜欢这里！我们为什么会在这里？为什么妈妈不记得我了？
卡　　卡	（摇摇头）我也搞不明白，这一切奇奇怪怪！可我知道的是……
天　　天	你知道什么？
卡　　卡	这几天，我一直和妈妈在一起。我知道，现在的妈妈，很快乐！在这里做女王，比在家里做妈妈的时候似乎要快乐得多！所以，我猜，伤心的记忆人人都会选择忘记吧，不像我

们狗，什么都记得。

天　天　（难过的）我对于妈妈来说，我只是伤心的记忆吗？所以她会忘掉我。

卡　卡　天天，你知道妈妈为什么对杧果过敏还要每天都买杧果味的蛋糕吗？

〔天天摇头。

卡　卡　因为她知道，杧果奶油蛋糕，是你最爱吃的口味儿。

〔天天难过地低下了头。

卡　卡　你知道妈妈为什么那么讨厌榴梿的味道还要吃榴梿味的蛋糕吗？因为你总是点榴梿味的蛋糕，吃一半剩一半，榴梿很贵，妈妈不想浪费，每次都把你剩下的榴梿蛋糕全部吃掉。

天　天　（自责地哭起来）对不起……我对不起妈妈……我错了。

〔卡卡虚弱地喘着气。

卡　卡　卡卡……去试着解开妈妈的心结吧，如果你们能互相理解，也许，她能想起你来呢？

天　天　可是，妈妈被抓走了，我不知道该怎么办？在这个游戏世界里，我只有你！

〔天天发现了卡卡的虚弱，连忙抱住了它。

天　天　卡卡，你怎么了？

卡　卡　我刚才吃掉了那块毒蛋糕，可能……我要死了……

天　天　不！卡卡！你不能死！我只有你了！我不能没有你！

卡　卡　天天，对不起，我可能不能陪你了！天天……你要学着长大……学着做一名勇士，把妈妈救出来，带她……回……家！

〔卡卡死去，天天大哭起来！

天　天　卡卡！卡卡！

〔天天紧紧抱住卡卡，伤心地大哭起来。

天　　天　（唱）这个世界有了你，

　　　　　我体会了朋友的意义。

　　　　　这个世界没有你，

　　　　　留给我的只有孤寂。

　　　　　昨日的旋律响起，

　　　　　勾起了我们的回忆，

　　　　　既温暖又美丽。

　　　　〔卡卡起身，灵魂醒来，一点点向后退去。天天与卡卡对唱。

卡　　卡　要坚强，

　　　　　未来的路还很长。

天　　天　没有你，

　　　　　我只有活在悲痛里。

　　　　　体会了朋友的意义，

　　　　　却如白驹过隙。

　　　　　这个世界没有你，

　　　　　如黑夜笼罩了大地。

　　　　　连空气都在沉默，

　　　　　给我的只有孤寂。

　　　　　昨日的旋律响起，

　　　　　勾起了忧伤的回忆，

　　　　　我只能在梦中见到你。

卡　　卡　我还是属于你，

天　　天　哪怕梦只是一首歌，

　　　　　一首关于你的歌，

　　　　　我只想唱给你。

　　　　　梦境模糊，

　　　　　你的背影，

　　　　　却温暖而又清晰。

　　　　　一首关于你的歌，

　　　　　我们的回忆，

　　　　　冰封心底。

卡　卡　我会遥远地望着你。

天　天　我会永远地记住你。

卡　卡　不要怕，你就要长大。

天　天　不害怕，快长大。

　　　　　追着浪，迎着光，向前闯。

卡　卡　我的朋友，

天　天　我的朋友，

卡　卡　再见，永远的，再见。

天　天　（大喊）卡卡！

　　　　〔卡卡的身影一点点退去，直至消失不见。

　　　　〔光渐暗。

　　　　〔舞台幽暗寂静，只有天天的人物光亮起。城门外的大风呼呼的吹着，天天又冷又害怕，双臂紧紧地抱住膝盖，孤独地坐着。

天　天　（独白）妈妈忘记了我，卡卡离开了我，这个世界里的所有人都很讨厌我。混世魔王太坏了，弱小、怯懦的我根本就无法打败他们，我真没用！我是个一无是处的孩子！我救不出我的妈妈！我根本就不是什么勇士。（哭着大喊）我是个假勇士！我是个讨人厌的坏孩子！

　　　　〔梦旅人突然出现在观众席。

梦旅人　让我听听，是谁在哭呢？

　　　　〔梦旅人朝舞台走去，天天发现了梦旅人，擦干眼泪站起身。

天　　天　梦旅人？！

梦旅人　哟，掉金豆豆了，看来是妈妈不愿意和你回家？！

天　　天　（低落的）妈妈被混世魔王三兄弟抓走了！

梦旅人　噢！那你是要自己回家？还是要去救你的妈妈？

天　　天　我当然要去救我的妈妈！可是……可是我太弱了，我一个人无法打败他们。

梦旅人　一个人的力量是有限的，但是一群人团结起来的力量却是无穷的。你一个人打败不了他们，一群人也许就能战胜混世魔王。

天　　天　一群人？游戏世界里的子民们！（天天思索）可是，我和混世魔王一起干了坏事，抢走了他们做的蛋糕，他们一定恨死我、讨厌死我了。

梦旅人　孩子，既然对别人做了不好的事情，就要去真诚道歉，请求他们的原谅。

天　　天　我……我没有勇气道歉，他们一定不会原谅我的。

梦旅人　不一定噢，你没试过怎么知道他们不愿意原谅你呢？

天　　天　我该怎么做？用什么才能换取他们的原谅？

梦旅人　（伸手摸心脏）用这里。

天　　天　（模仿着梦旅人摸向心脏）这里？

梦旅人　心，把你的心打开，你就会得到真心。用这颗心去理解、去爱别人，你也会得到理解，得到爱。

天　　天　理解……爱……？

〔天天陷入沉思，梦旅人已悄然离开。

〔光暗。

第 五 场

〔光启。

〔糖果国内，电闪雷鸣、昏暗一片。国民们惊慌地奔走着，混世魔王三兄弟突然出现在人群中，和人们展开了老鹰捉小鸡的逐斗。

暴躁王　（唱）我们是混世魔王三兄弟。

鬼话王

懒蛋王　（齐唱）欺骗、贪婪、暴力，是我们的武器。

暴躁王

〔台下惊慌奔走的子民们合唱。

〔暴躁王一把抓住艺术家，将他手中的画撕碎。画家反抗，三兄弟把他打倒在地踩在脚下，众人惊吓奔走。

子民们　（合唱）乌云密布，风雨飘摇，

我们的家园就要被毁掉。

暴躁王　（唱）我们要将一切美丽变得黯淡。

鬼话王

懒蛋王 （合唱）我们要将一切香甜变得辛酸。

〔三兄弟将甜品女孩儿和鞋匠男孩儿分开，暴躁王擒住甜品女孩儿的下巴露出阴险的笑，鞋匠男孩儿扑上去反抗，被鬼话王和懒蛋王捆绑住了手臂。

子民们 （合唱）乌云密布，风雨飘摇，

我们的家园就要被毁掉。

三兄弟 （合唱）我们要给这个世界制造麻烦，

我们要给这个世界带来苦难，

我们要让这个世界彻底瘫痪。

暴躁王 愚蠢的人们，你们的女王已经被我控制，整个世界都逃不出我们混世魔王的手掌心！哈哈哈哈！

〔三兄弟抱在一起发出了响亮的、阴险的笑。

清洁工 把我们的女王还给我们！

众　人 放了我们的女王！

鬼话王 愚蠢的人们，如果你们想见你们可怜的女王最后一面，那么，日落后，月升前，来城堡前，亲眼看看你们的女王被熊熊烈火烤熟！

懒蛋王 烤得外焦里嫩，好吃极了！

暴躁王 从此以后，我混世魔王，就是你们的新国王！

〔混世魔王三兄弟抱在一起发出阴险的大笑。

〔切光，混世魔王三兄弟下，众人瘫倒在地上哭泣，天天站在人们中间，伤心地低头沉默。

画　家 当艺术遭到践踏，

鞋匠男孩儿 当爱人被迫分离，

清洁工 当家园无情摧毁，

众　　人　我们只能愤怒、生气，

　　　　　我们只能无奈、叹息，

　　　　　整个世界都在哭泣。

　　　　〔清洁工认出天天，站起身。

清 洁 工　就是这个孩子！他长了一张乌鸦嘴，他所预言的一切，都发生了！

鞋匠男孩儿　傲慢无礼、品行不端的臭小子！

画　　家　自从你来到这里，我们的世界就陷入混乱，你说你是这个世界的勇士，我看，你就是我们的扫把星！

众　　人　（你一言我一语）扫把星！扫把星！

天　　天　对不起！我向你们郑重道歉！

　　　　〔天天向人们深深鞠躬，众人停止了言语攻击。

天　　天　对不起，请你们听听我的解释。我只是来自另外一个世界的，普通的不能再普通一个小孩子！因为我的自私、我的任性，我弄丢了自己的妈妈，我还被混世魔王利用，抢走了大家辛苦制作的蛋糕，还让女王被坏蛋们绑走，让这里的所有人都陷入了困境，我给大家添了太多的麻烦！以前的我，太自私了，只想着自己，却从不考虑别人，对不起！

　　　　〔天天再次向人们鞠躬道歉，人们脸上的神情变得舒缓。

艺 术 家　孩子，我不知道你从哪里来，但是你的真诚打动了我！

清 洁 工　我虽然不确定你是不是女王的儿子，但我可以确定的是，能承认自己错误的孩子，就不是坏孩子！

鞋匠男孩儿　他也是被混世魔王欺骗和利用了，做的这些事都不是他的本意。我们，原谅这个孩子吧。

众　　人　（你一言我一语）我们原谅你！你不是坏孩子！

天　　天　（感动）谢谢大家！谢谢你们对我的宽容和谅解！在这个世界

里，我的身份是一个勇士！可是，我却是一个没有勇气也不够勇敢的勇士！混世魔王绑走了我的妈妈，你们的女王，很快他们就会来毁掉我们的家园！所以，我决定要做一名真正的勇士，我想要救出妈妈！赶走混世魔王！你们愿意帮助我，和我一起去打败混世魔王救出女王吗？

〔众人听完天天的慷慨陈词，都面露难色。

艺术家 （叹气）混世魔王撕碎了我所有的画作，他们击溃了我，他们太坏了，我们根本不是他们的对手……

清洁工 我们这些手无寸铁的普通人，又如何去战胜这些作恶的魔鬼呢？

鞋匠男孩儿 我恨混世魔王，他们夺走了我的幸福，我也恨我自己，恨我自己太没用了！

天　天 不！你们千万不要这么想自己！你，艺术家，你有一双能够发现美的眼睛，你像热爱自己的孩子一样热爱着艺术、热爱着生活，而混世魔王们的眼睛里，却只有贪婪和丑陋！你，鞋匠男孩儿，你的爱情虽然经历了磨难，但我相信，真挚的爱一定能打动上苍，你一定能找回美丽的未婚妻，你们会拥有一个幸福美好的未来！你，勤劳的清洁工，不管风吹雨打，不管太阳有多毒辣，你都坚守在自己的岗位上！你们是平凡而伟大的人！要战胜混世魔王，重新找回属于我们的幸福！我们，不能放弃！

艺术家 战胜混世魔王！

清洁工 救出我们的女王！

鞋匠男孩儿 找回属于我们的幸福！

众　人 （齐）不能放弃！

〔群舞，合唱。

不能放弃，不能失去勇气。

哪怕用尽力气，

也不能忘记自己。

放弃是这样的容易。

但必须坚持努力，

不能放弃，不能失去勇气。

〔光暗。

第 六 场

〔光渐起，黑暗中电闪雷鸣，一团火光在熊熊燃烧着，混世魔王三兄弟押着女王走来。

暴躁王 日落后，月升前，这个世界最黑暗的时间。

鬼话王 日落后，月升前，这个世界即将要被毁灭。

懒蛋王 日落后，月升前，你们会见女王最后一面。

〔混世魔王三兄弟阴险地大笑，拉着被绑的女王走向火光处。

暴躁王 尊敬的女王陛下，您将会在今晚，被烧成灰烬！从此，我们混世魔王，就是这个世界的统治者！

女　王 救命！救……

〔暴躁王把女王的嘴巴塞住，混世魔王三兄弟抱在一起阴险地大笑起来。

〔这时，天天带着人们出现。

天　天 住手！你们这些作恶的魔鬼！

鬼话王 让我瞧瞧，这是谁来了？

懒蛋王 是那个不知道妈妈喜欢吃什么的蠢货！

天　天 我是这个世界的勇士！我要保护女王！我要保护人民！我要

和你们战斗到底!

暴躁王 你确定要和我战斗?我敢保证,我用我的一根手指,就能让你粉身碎骨!

天　　天 我敢!

〔艺术家走上前,给天天披上了斗篷。

艺术家 勇士,这是我为你画的面具,穿上它鬼话王将无法把你蛊惑!

〔鞋匠男孩儿上前,为天天穿上靴子。

鞋匠男孩儿 勇士,这是我为你做的战靴,穿上它,你可以一脚把暴躁王踢飞!

〔清洁工上前,递给天天用扫帚和簸箕做的武器。

清洁工 勇士,这是我为你做的长矛和盾牌,盾牌将会为你阻挡懒蛋王的懒惰光波,长矛能让你刺穿他们的心脏!

〔舞台中央,是熊熊燃烧的火堆和被绑的女王。天天和子民们在舞台一侧,混世魔王三兄弟在舞台另一侧,双方对峙起来,敌视着对方缓缓靠近。

暴躁王 (唱)我们是混世魔王。

鬼话王 (唱)我们是暗黑瘟神。

三兄弟 (齐)欺骗、贪婪、暴力,是我们的武器。

堕落吧,感受这黑暗的魔力。

毁灭吧,美德将会毫无意义。

天　　天 (接唱)我们守护忠良。

我们拥有信仰。

众　　人 (齐唱)善良、勇气和爱,是我们的武器。

努力吧,冲破这黑暗的猖狂。

坚持吧,正义将会充满力量。

〔双方越来越近,对峙越来越强。

三兄弟　（唱）我们要给这个世界制造麻烦。

众　人　（唱）我们要将恶势力一脚踢翻。

三兄弟　（唱）我们要给这个世界带来苦难。

众　人　（唱）我们要勇敢的铲除这些坏蛋。

三兄弟　（唱）我们要让这个世界彻底瘫痪。

众　人　（唱）我们要让这些恶人迷途知返。

〔混世魔王三兄弟和天天带领的子民们搏斗起来。

鬼话王　愚蠢的子民，让我的鬼话蛊惑你们的人心！

〔鬼话王吐出毒气，却被天天的面具挡住。

懒蛋王　蠢货，快来尝尝我的懒惰光波！

〔懒蛋王发射懒惰光波，却被天天的盾牌挡住。

暴躁王　臭小子，快来吃我一锤！

〔暴躁王抡起锤子砸向天天，却被天天手中的矛刺中，天天的大头皮鞋一脚踩上去，疼得暴躁王嗷嗷直叫。

〔混世魔王三兄弟的气焰一点点熄灭，天天带领着子民们手拉着手将三兄弟团团围住。

众　人　（唱）坏人终将遭到谴责，

　　　　　　罪恶别想得到特赦。

　　　　　　卑劣无非超越美德，

　　　　　　正义终将战胜邪恶。

〔众人擒住了混世魔王三兄弟，天天跑向女王，为她拿去嘴里塞的棉花和身上的绳索。

女　王　（迫不及待的）勇士！你刚才的样子真是帅极了！

天　天　妈妈！妈妈！

〔天天激动地一把抱住妈妈，女王的脸上思索着什么。

众　人　（欢呼）女王得救了！我们胜利了！

女　　王　来人哪！把这三个坏蛋给我押进地牢！

众　　人　是！

〔混世魔王三兄弟灰溜溜地被人们押走，艺术家、清洁工、鞋匠男孩儿和子民们开心地围到天天和女王的中间。

女　　王　我亲爱的子民们，谢谢你们救了我，谢谢你们守护了家园。

艺术家　尊敬的女王陛下，是这位勇士给了我们勇气，让我们了解了团结的力量！

女　　王　勇士，我对你刮目相看！可是……你为什么总是叫我妈妈？

〔月亮升起来了，天边出现了彩虹桥，梦旅人上。

梦旅人　月亮升起来了，你们母子二人该回家了。

女　　王　回家？

天　　天　是的，妈妈，回家。

（唱）妈妈，我要向你说声对不起，

是你捡起了我丢在角落里的玩具，

留下一声轻轻的叹息。

妈妈，我要向你说声对不起，

是你洗净了我堆积如山的脏衣，

留下一声轻轻的叹息。

一声声叹息，是妈妈的记忆，

像温暖的阳光，照在我心底。

一声声叹息，是最无私的爱意，

孩子心中早已改过，

愿妈妈能把孩子记起。

孩子愿静静地等着你，

每日倾听风带来的消息。

孩子愿静静地等你，

等到思念越来越重，

重得头都不能抬起。

如果有一天，妈妈能把我记起，

我定会倍加珍惜。

如果有一天，妈妈能把我记起，

我不会再让你留下一声叹息。

我会一直等着你。

女　王　这感觉这么熟悉，好像是心底最美好的记忆。

天　天　妈妈，你愿意和我一起回家吗？

女　王　（望着天天思索）勇士！看着这样的你，我心底有种说不出的感觉。如果你真是我的孩子，我一定会非常骄傲！回家……我想……我愿意！

天　天　太好了！妈妈愿意和我回家了！妈妈愿意和我回家了！

梦旅人　皆大欢喜！皆大欢喜！

〔音乐起，梦旅人施法，暗场。

第 七 场

〔光启。天天家的客厅，妈妈睡眼惺忪地从卧室走出来。

妈　妈　（伸了一个大大的懒腰）我好像做了一个长长的美梦！梦里……

〔妈妈思索着，天天端着早餐走出来。

天　天　妈妈，你起床啦？睡得好吗？快过来吃早饭吧！我买了油条豆腐脑儿，豆腐脑儿里放了好多你爱吃的香菜！

妈　妈　我最爱吃香菜了！（走到桌前闻了闻）哇！真香！咦？儿子，不对呀，一直都是妈妈给你买早餐，怎么你今天起得比妈妈还早？

天　　天　妈妈，以后我每天都要早早起床，给全家人买早饭！

〔妈妈看着天天愣住，天天在桌前坐下，打开暑假作业本写起了作业。

天　　天　（见妈妈还愣着）妈妈，您快吃饭吧，一会儿您还要去单位加班儿呢，我刚才已经在店里吃了。

〔天天继续低头写作业，妈妈端起豆腐脑儿喝了一口，感动地望着儿子。

妈　　妈　儿子，你长大了。

〔母子俩相视而笑。

妈　　妈　妈妈今天不想去单位加班儿了，暑假过了这么长时间，妈妈还没有陪你一起玩儿过呢！一会儿写完作业，妈妈陪你一起玩儿好吗？

天　　天　（开心激动地点头）嗯！太好了！妈妈，你想玩儿什么？

〔妈妈和天天交换眼神，妈妈从桌下拿出了游戏键盘。

天　　天　你想玩儿游戏？你……不是说，游戏是万恶之源，绝对不让我碰吗？

妈　　妈　儿子，妈妈错了，以前我只是让你不停地学习，把分数看得比什么都重要，但是我现在的想法变了。游戏并不是万恶之源，孩子的童年也不仅仅只有学习。最重要的是，如果能把自己的学习、生活、游戏和玩耍安排好，做一个自律的孩子。只要不沉迷游戏，那么游戏，就是有益的。

天　　天　妈妈！我一定做一个自律的孩子！

妈　　妈　真乖！

〔妈妈和天天望了望键盘，心领神会地相视一笑。

妈　　妈　要不，老妈陪你玩儿一会儿？

天　　天　嗯！不过，只能玩儿三十分钟噢！

妈　　妈　好嘞！

　　　　　〔天天和妈妈激动地在桌前坐下，一起敲打起键盘。

　　　　　〔切光，音乐起，光变幻。天天和妈妈（可在桌下或布景后）换装出现。

妈　　妈　我的世界，创意无限！我是女王！

天　　天　我是女王的勇士！

　　　　　〔游戏中的众角色上，大家欢乐地簇拥在女王和勇士的身边。

妈　　妈　我亲爱的子民们！我可想死你们啦！

　　　　　〔天天和妈妈与大家亲密地相拥。

天　　天　我的朋友们！见到你们真好！

　　　　　（轮唱）21

艺术家　　不要抱怨生活无味，

　　　　　不要错过身边的美。

　　　　　打开你真诚的眼睛，

　　　　　把心灵放飞。

清洁工　　用心浇灌绽放花朵

　　　　　用爱装点美丽生活，

　　　　　我是美化世界的舞者，

　　　　　从不懒惰。

鞋匠男孩儿　坚持，水滴石穿。

　　　　　　坚持，绳锯木断。

　　　　　　坚持，愚公移山，

　　　　　　不放弃坚持的信念。

甜品女孩儿　春风里，绿树叠翠。

清洁工 & 鞋匠男孩儿

我勤劳不怕风吹。　　　我坚持不怕风吹。

艺术家　盛夏天，鲜花绽蕾。

清洁工 & 鞋匠男孩儿

我勤劳不怕雨水，

我坚持不怕雨水。

甜品女孩儿　深秋夜，月明星辉；

清洁工 & 鞋匠男孩儿

我勤劳不怕天黑，

我坚持不怕天黑；

艺术家　隆冬中，瑞雪纷飞。

清洁工 & 鞋匠男孩儿

我勤劳在寒风中不会后退，我坚持在寒风中不会后退。

勤劳让我踏实生活，　　坚持给我成就快乐。

没有怨言，不会退缩。　没有怨言，不会退缩。

因为这是我的职责。　　因为这是我的职责。

艺术家 & 清洁工

这世界很美，令人沉醉。

这世界很美，美的心灵弥足珍贵。

让我们一起感受身边的美，

勤劳很美，坚持很美，勇敢去追，耐心体会、理想信念，生活的诗篇，

让我们把这一切描绘。

〔演员谢幕。

〔全剧终。

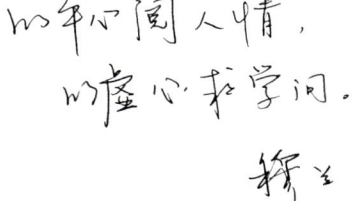

穆兰，入选中青年文艺人才"燕赵秀林计划"。1975年生，河北石家庄人，一级编剧。河北省戏剧家协会理事，《燕赵戏剧》副主编，石家庄市文艺评论家协会理事。

2001年，穆兰代表石家庄市赴日本长野进行交流研修，后在日本国立信州大学读取硕士学位。在日本五年，曾担任长野市政府地域共生交流员开展区域文化共建工作；在日中友好协会担任汉语教师、翻译。经历了许多对战争遗孤的采访和支援工作之后，穆兰对中日关系和日本侵华战争有着诸多思考。回国后，根据这段经历创作了电影故事《断线的风筝》。

穆兰的代表作品有评剧现代戏《山楂恋歌》《血色风华》和小型情景剧《一句"对不起"》。其中，《山楂恋歌》创作于2019年，讲述了女大学生高金英农业大学毕业后返乡，放弃了在县城清闲的工作，自愿扎根农村发展家乡特色山楂种植产业，带领马屯乡的贫困人民共同脱贫的故事。该剧本入选了河北省文化和旅游厅中青年剧本扶持项目，2020年入选中共河北省委宣传部文化精品工程和文旅厅舞台艺术精品工程。

红色题材剧《血色风华》讲述石家庄牺牲的第一个共产党员高克谦的故事，诠释青年的使命和担当，激励人们不忘历史，从革命先辈中汲取红色力量，永远向前。《血色风华》作为向河北正定中学建校一百二十周年献礼、向中国共青团成立一百周年献礼、向石家庄解放七十五周年（11月12日）纪念日献礼的优秀剧目，致敬所有为国家独立和民族解放奉献青春生命的人。

穆兰2010年开始从事戏曲创作，至今创作了大型剧目五部、小型剧目三十余部，剧种主要为河北地方剧种。其作品有戏曲剧本《秋叶》《韩增丰》，评剧《山楂恋歌》《血色风华》，丝弦小戏《村官三把手》《太行路，扁担情》《一个人的课堂》，评剧小戏《网》《卖菜》，京剧小戏《探亲》，话剧小品《爹要"嫁人"》《独臂支书举缸》，情景剧《一句"对不起"》《守望》《往事不随风》等。

《一句"对不起"》根据2016年河北省井陉县发生的特大洪灾中的真人真事创作。电工王生廷一个人救出了全村一百九十八位乡亲，却失去了自己的亲人。王生廷因为此事迹而成为"燕赵楷模"，荣登"中国好人榜"，成为全国见义勇为模范。该剧通过一个普通人成为英雄的过程，对他的内心进行了深入剖析，表现了英雄无悔这一主题。英雄之所以成为英雄，是平凡人在遇到不平凡的事件时做出的本能反应，是人性的本真体现；被称作"英雄"之后，其内心的真实想法究竟是怎样的……

有对自然灾害和"空心村"现状的无奈,更多的则是力不从心的懊恼……一句"对不起",既是被救乡亲对王生廷深深的感激,也是主人公对逝去的亲人一生的愧疚。该剧荣获2017年中国文学艺术基金会、中国文学艺术发展2017-2018年度资助项目以及中国文联2017年度青年文艺创作扶持计划项目。

著名戏剧导演娄迺鸣对该剧点评说,这是一部另辟蹊径书写英雄的作品。当今写英雄的戏太多了,而这部作品从一个普通人成为英雄之后入手,把英雄的内心剖析得非常深刻。这是真人真事,一个人救出了全村的人却只差自己的亲人没救出来,令人唏嘘。这部剧非常朴实,真实地再现了一个人在危难时刻的挺身而出,他成为英雄的偶然和必然引人思考。

穆兰在创作中最大的感受就是,生活和人民是创作的源头活水,是一个编剧始终要坚守的艺术根源。如果大家觉得一部作品还不错,那不是编剧有多么高的技巧和水平,而是有一双善于发现生活中存在的内在艺术规律的眼睛。

作品

评剧现代戏

血色风华

人　物（出场顺序）

郑小飞　男，十九岁，正定中学高三年级学生（小生）

高克谦　男，十九岁，石家庄牺牲的第一个共产党员（小生）

刘招娣　女，十六岁，刘廷元女儿（花旦）

刘廷元　男，三十七岁，正太铁路总机器厂鸟笼工会（里工会）会长（老生）

拉伯黎　男，四十岁左右，正太铁路法国总办（花脸）

吕正朝　男，四十五岁，奉系军阀警察厅长（小花脸）

工　人　甲乙丙丁四人（有台词，高矮胖瘦差开）

群　演　若干人

主题歌：《绘青春》

（山歌）

太行父亲哟，顶天立地地走，

滹沱母亲哟，奔腾不息地流。

（歌曲）

母亲拉紧我的手，

父亲抚摸我的头，

我用青春作画笔，

绘出滹沱太行那一季的秋。

序幕　排演节目

时间：2022年5月某天

地点：正定中学（直隶省直第七中学）

〔同学们正在排练五四青年节的节目。朗诵《高克谦烈士碑志铭》。

班　长	同学们，五四青年节就快到了，我们一定要把这个节目排好。各就各位，预备，开始！
众人合	高君克谦，幼而歧嶷，冠抱大志，服膺革命，无少忩怀。光明磊落，言行一致，成败不计，威武不屈，殆如晨星，不可多觏。壮哉！高君惟志之求，行不避险，名乃以售，权强所忌，奸慝所仇，顽廉懦立，俗正风休。生为国瑞，死重泰邱，斫兹碑石，以永传流！
班　长	好，这遍不错，咱们休息十分钟！还没记住词的同学，再好好背一下。（四下散去）
郑小飞	哎，子墨，踢球去？
子　墨	郑小飞，就休息十分钟，排练完了再去吧。

班　　长　　郑小飞,你的词还没背熟吧?快点儿背去!（同学们四下散去）

郑小飞　　哎哎哎?唉——（郑小飞自己耍了两下足球,感觉有点儿无聊,坐到高克谦雕像旁边,继续背词）

郑小飞　　高君克谦,幼而歧嶷,冠抱大志,服膺革命……高克谦,为了纪念五四,我们专门排了这个节目,就是这个词有点儿难背,高君克谦,幼而歧嶷,冠抱大志,服膺……

（高克谦从雕像后走出。）

高克谦　　郑小飞,郑小飞?

郑小飞　　你是谁?

高克谦　　我也曾在这儿念书,那个时候,这里是直隶省直第七中学,但后来,我离开了,在十九岁的秋天。

郑小飞　　啊?离开了……（看看高克谦,又看看雕像,读碑刻文）在正太铁路工人运动中牺牲……是石家庄牺牲的第一位共产党员,年仅十九岁?你是……高克谦?

高克谦　　读书,对我来说是多么奢侈的一件事,一百年前,那是一个混沌的世界……

郑小飞　　一百年前,新文化运动、五四运动……袁世凯复辟帝制……北洋军阀混战……确实是一段混沌的历史!

高克谦　　在中华民族生死存亡的至暗时刻,我参加了革命!

郑小飞　　革命?

高克谦　　革命,是为了彻底打破一个旧世界,开创一个新世界,是为了我们每个中国人都能活出个人样儿来!

郑小飞　　活出人样儿来?

〔切光。转场。

第一场　入党

时间：1924年10月－12月

地点：直隶省立第七中学

〔直隶七中校园内。高克谦拿着一本《新青年》杂志上。他正在读上面刊登的《共产党宣言》中文版。

画外音　（琅琅书声，文天祥《正气歌》）天地有正气，杂然赋流形。下则为河岳，上则为日星。于人曰浩然，沛乎塞苍冥。皇路当清夷，含和吐明庭。时穷节乃见，一一垂丹青。在齐太史简，在晋董狐笔。在秦张良椎，在汉苏武节。为严将军头，为嵇侍中血……

郑小飞　哇，这就是一百年前我们的正定中学，直隶省直第七中学，真有意思。（冲着校园里的学生们）嘿，你们好啊！我叫郑小飞，是正定中学的！（同学们仿佛看不到他，纷纷散去）

高克谦　（念）"一个幽灵，红色的幽灵，在欧洲的上空徘徊，为了对这个幽灵进行神圣的围剿，旧欧洲的一切势力，都联合起来了……"可是，这个幽灵却越飘越远，飘到了沙俄，飘到了中国，它有着一种非同寻常的力量——

〔舞台分区表演。高克谦在舞台上走，随着走到的场景不同，进入不同的表演时空。

〔情景一：入党情景，边唱边演。

（唱）十月革命炮声响，

划破黑夜一道光。

马克思列宁布尔什维克，

无产者的红心汇成汪洋。

一本《新青年》把路照亮,

一缕曙光映满心房。

〔情景二:直隶七中校园,四名学生上场。

画外音 高克谦,该上课了!快走啊!

高克谦 (唱)哎,知道了!

(老师的声音)两耳不闻窗外事,一心只读圣贤书。

高克谦 (举起《国文》课本,书上印"新学制高级中学教科书 国文"字样)

(唱)滹沱河畔秋风爽,

直隶七中学子忙。

青春年华日和昶,

潜心读书进课堂。

画外音 (课堂上,同学们在读《诗经·鸡鸣》,一首关于男欢女爱的诗)鸡既鸣矣,朝既盈矣。匪鸡则鸣,苍蝇之声。东方明矣,朝既昌矣。匪东方则明,月出之光。虫飞薨薨,甘与子同梦。会且归矣,无庶予子憎。

高克谦 哎呀——(又站起身,离开了课堂)

（唱）大地处处烟乌气瘴，

天空漫卷雪雨冰霜。

鹰隼争食山川土壤，

布衣百姓艰辛饱尝。

（一手《新青年》，一手《国文》课本）

只读书难追求真理信仰，

不读书难进入高等学堂。

只读书完不成救国理想，

不读书对不起青春时光。

读书，救国，救国，读书，该向何方？

画外唱 该向何方？向何方？向何方？

高克谦 （唱）左右为难费思量。

〔高克谦拿着《新青年》，翻看里面的内容，边看边读。

（白）欲改变社会，须改变思想！特别是青年人的思想！只有德先生和赛先生才能救中国！德先生说，要民主，反对一切旧政治！……赛先生说，要科学，反对迷信和愚昧，才能够帮我们摆脱"无常识之思维，无理由之信仰"！

画外唱 （合唱）其声如擂鼓，唤人觉醒。

其理如释冰，醍醐灌顶。

高克谦 （举起《新青年》，下决心）

（唱）为了理想和信念，

要把真理来宣传。

要用马列主义红色将燕赵尽染，

乌托邦建成后再把读书梦来圆。

〔切光。

第二场　声援"五卅"

时间：1925年6月16日
地点：石家庄大石桥广场
〔启光。
〔石家庄各界沪案后援会成立大会。会场上拉条幅：横幅"石家庄各界沪案后援会成立大会"，旗帜"援助沪案""打倒英日帝国主义""将反帝爱国运动进行到底""释放同胞"。
〔大家正在群情激昂喊着口号，高克谦把印有"直隶七中"字样的书包甩在地上演讲，十六岁的刘招娣作为学生代表在人群中，把高克谦的书包捡起来。郑小飞抱着募捐箱站在一边。

高克谦　工友们！同胞们！"五卅惨案"已经震惊了国内外各界，日英帝国主义依靠武力打死请愿的工人和学生，拘捕了一百多名请愿者！今天，我们集结在这里，有钱的出钱，有力的出力，支援上海棉厂、青岛纱厂工人，抗议帝国主义的暴行！

众　人　有钱的出钱，有力的出力！

高克谦　同胞们，我们不能死在帝国主义的宰割之下，我们的祖国不能变成列强的殖民地，我们不能成为奴隶和牛马，我们不能再受他们的压迫和剥削！我们只有联合起来，一致起来，才能闯出一条活路！

（喊口号，高克谦喊一句，众人跟一句）支持上海工友！释放被捕同胞！反对剥削压迫！打倒帝国主义！
〔群众都跟着高克谦振臂高呼。
〔吕正朝带众军警上。

吕正朝　在大石桥聚众闹事？你们胆子也太大了！

高克谦　聚众闹事？笑话！我们是在声援上海和青岛的同胞，在抗议帝国主义的暴行！

吕正朝　上海？青岛？跟我们有何关系？这里是石家庄！是张大帅统管的城市，容不得你们胡闹！（*示意众军警包围群众*）

高克谦　张大帅？同胞们！大家看看吧，我们只是为"五卅惨案"中牺牲和被捕的同胞请愿，初来乍到的军阀竟然派了这么多军警，荷枪实弹地来镇压我们，难道他们不是中国人？能够眼睁睁地看着自己的同胞被日本人、英国人打死打伤！难道他们的身体里流淌的不是热血，而是冰冷的白水，他们不去保护同胞手足，反倒用枪口对准了我们！这样的国家还有什么前途？这样的政府还有什么希望？

众　人　推翻无能政府！推翻奉系军阀！

吕正朝　哎哎哎，工友们，同学们，我们也是奉命行事，奉命行事。

高克谦　同胞们，我们只有依靠自己的力量，依靠团结的力量，才能推翻压在我们身上的三座大山，争取人权自由！

群　众　（*振臂呼喊*）推翻三座大山！争取人权自由！

高克谦　推翻奉系军阀！

群　众　推翻奉系军阀！

吕正朝　你你你……把这个带头闹事的给我抓起来！

高克谦　你敢？！

众　人　你敢？！

吕正朝　你你你……你们……

高克谦　今天你要是敢抓人，我们就——来个你死我活？

众　人　你死我活！你死我活！你死我活！（*说一遍上前一步，逼得警察向后退*）

吕正朝　这……不要死呀活呀的，都是同胞，都好说，都好说！（往后退，悄悄地）贾队长，把这个带头闹事的给我抓起来。

郑小飞　定！（众人定格）

〔郑小飞左右看看，把募捐箱趁机塞到吕正朝手里。

郑小飞　你这个大坏蛋，应该带头做点儿好事儿！

〔军警们发现厅长抱着募捐箱，大家赶紧掏腰包捐款。

贾队长　弟兄们，厅长都捐款了，咱们赶快掏钱哪——

高克谦　感谢军警兄弟的支援！感谢警察叔叔的慷慨！

吕正朝　（尴尬地）你们、我们、咱们这是……

贾队长　厅长，弟兄们都捐啦，嘿嘿嘿嘿……

吕正朝　啊？（自己发现自己抱着募捐箱，窘态百出，气急败坏）呸！撒……

贾队长　撒撒，撒……

众　人　哈哈哈哈

高克谦　哎哎哎，箱子？

吕正朝　（放下箱子）哼！你叫什么名字？

高克谦　我叫高克谦。

吕正朝　好你个高克谦，我记住你了，咱们走着瞧！

〔吕正朝带众人下。

众　人　哈哈哈——（七嘴八舌地说）克谦，可真有你的！小小年纪可真不简单！（众人把高克谦围起来）

〔刘招娣对高克谦满心敬佩，欲把高克谦的书包递还给高克谦。

刘招娣　高克谦，你的书包……我是女师的——

（唱）为什么我的心咚咚直跳？

为什么我的脸灼灼发烧？

他笑容如醴催人臊，

他目光如炬撼心潮。

〔众人早已撤离，只剩下刘招娣抱着书包站在这里发呆。

郑小飞 哎，人都走了！你怎么还站这儿发呆呀？

刘招娣 （惊讶）哎呀，哎，等等我啊！（急跑下）

郑小飞 难道她是……高克谦的初恋？（好奇兴奋）嘿，我去瞧瞧！（追下）

〔暗转。月光下的正太铁路总工会。

第三场　买米斗争

时间：1925年7月

地点：正太铁路总机器厂

学生们 民以食为天，

食以米面先。

惹了刘廷元，

米面都玩儿完。

〔刘廷元上。

刘廷元 去去去，唱啥呢，别唱了，别唱了！

〔下场门有工人上，问"刘会长好""会长好"。

刘廷元 别别别，都是工友，这么叫不就生分了。你们都来了？

众　人 早就来了，就等着您哪。

刘廷元 好好好！马上给大家伙儿分米面。

〔拉伯黎上。刘廷元殷勤迎上。

刘廷元 总办大人好！

拉伯黎 嗯——刘，今天的米面，要发得有规矩一些！

刘廷元 好好！（小声地）今天还在义香居，请您赏光。

拉伯黎 嗯。

刘廷元　（冲大家）工友们，看看，咱们总办拉伯黎大人，日理万机中亲自来给大家分发米面，这可是对咱们工友们的一片厚爱啊！

拉伯黎　铁路局免费出车皮，具体操办都是刘会长，刘，了不起！

刘廷元　谢谢总办大人的赏识，没有总办大人，就没有我刘廷元的今天！（深鞠躬定格，特写光）

〔定点光中，高克谦上。内心独白。

高克谦　这刘廷元，彻头彻尾变成了一条哈巴狗——

（唱）为工友发起工业研究会，

洋人却让刘廷元来指挥。

研究会一天一天变了味，

工友会被人摘桃吃了亏。

刘廷元　工友们！大家要知道，拉伯黎总办特别给咱们批了一节专用车皮，每个月免费为咱们拉米拉面，才两元五毛钱一袋卖给大伙儿，比市场上一袋便宜两毛钱，这是多么仁慈的事啊，让我们一起感谢拉伯黎总办，Merci（法语谢谢）鞠躬——

工人甲　刘会长，我老婆说了，我们不买米，是否能把米钱退回？

工人丙　是啊，我也不想要。

刘廷元　这是福利，是拉伯黎大人特意给拉的，咱们不要不知好歹。

高克谦　买米面是我们的自由，你不要……（旁边有工人甲急拉住了他）

工人甲　克谦。

高克谦　（忍不住了）谢谢就谢谢呗，为啥非得说法语？还，还鞠躬？

刘廷元　我们中国是礼仪之邦，每个人都要懂礼法，快跟我学，Merci……

众　人　毛……西……（故意出撒气的声音）

刘廷元　总办大人，你看这……

拉伯黎　（不高兴）好了刘，先这样发吧！下月，凡是不鞠躬、不说法语表示感谢的，一律不分给低价粮食，米钱从工资照扣！

刘廷元　好，好，（擦汗）我明白，我明白！

高克谦　我不明白……

（唱）粮食是咱们掏钱买，

钱是咱们做工赚来，

你又是鞠躬又 Merci，

弄得我鸡皮疙瘩一溜烟儿直往地下筛。

刘廷元　高克谦！

（唱）咱们的工资来自正太，

正太铁路是法国人开。

正定、井陉、太原府，

咱是给法国人在当差。

高克谦 （唱）铁路局巴黎银行借公债，

正太铁路本是中国人开。

炸山架桥挖隧道，

铺设枕木钢轨埋。

巴黎银行赚银利，

铁路怎成洋人开？

刘廷元 这……这事咱管不来！

高克谦 管不来？

（唱）一根根枕木，一条条钢轨，

一辆辆机车，一节节货柜，

沾满了中国工人的血水和汗水，

装满了中国工人的辛苦和劳累。

人人生来平等无贱贵，

你我劳动立身命不卑。

没我们洋人怎能捞实惠？

你何须一见洋人就低眉？

刘廷元 这……

高克谦 （唱）中国土地洋人来支配，

中国铁路洋人来运维。

洋人轻贱咱们没底气，

自己轻贱自己最可悲。

刘廷元 （唱）可不可悲无所谓，

吃饱活命是常规。

骨气不能当粮吃，

嘴上逞强肚子亏。

高克谦 你……哼！我们发起正太工业研究会，是要把工友们联合起来！可你们把创建者都挤出了执行委员会，简直就是盗贼！

众　　人　说得是啊，是啊！

刘廷元　哎哎，这可是法国总办大人下的命令，让我当会长，大家都看到任命书了是不是？（从怀里掏，念）这写着呢，任命刘廷元为正太工业研究会会长，为工友们在生产上传习技术，在生活上提供方便……这可不是假的。

众　　人　是啊是啊，任命书也不是假的。

高克谦　这任命书，经工人代表大会审议了吗？大家投票了吗？

众　　人　（齐声）是啊是啊，这也没投票，不算数不算数！

刘廷元　我……我们现在的执行委员会也是竭尽全力在帮大伙儿解决困难，大伙儿说对不对啊？

众　　人　是啊，刘大哥也确实为大伙儿办了不少实事。

刘廷元　为大家买便宜粮食，就是我跟总办大人申请，大家才能得着实惠。

众　　人　（七嘴八舌）也对，也是啊！确实也是便宜。

高克谦　出车皮到山西寿阳给大家买便宜粮食，这是研究会成立时工人代表就提出来的，怎么成了你申请的？自从你当了主席，洋人的话你是十二分地听，工人的话，你听了一分没有？

刘廷元　这也不是我一个人的事儿，这要研究嘛。

高克谦　研究？你站在洋人的立场，能研究出什么好结果来？

拉伯黎　（假装咳嗽）高，你有什么意见，可以单独到我办公室来找我，现在不要耽误时间。

高克谦　我找了你多少次了？你仔细听过我们的要求吗？

拉伯黎　那是你们提的要求不合理。

高克谦　怎么不合理？是给每个工人每年十天的特别工薪假不合理？还是因工受伤者照常发给薪水不合理？

众　　人　　是啊，因工受伤应该给薪水，不然怎么活命啊？

拉伯黎　　（恼怒）高，不要再说了！发粮！（恼怒离去）

刘廷元　　（鞠躬）是——

高克谦　　哼——

〔切光。

〔暗转。义香居饭店一高级雅间内，房顶吊着一个金丝鸟笼，里面养着一只会说话的八哥，桌上摆满鱼肉酒。拉伯黎和刘廷元密谋分赃和如何对付高克谦。八哥时不时插几句嘴。

〔高克谦偷偷跟着刘廷元上，躲在外窗根。窗户是玻璃窗，能清楚看到里面的情形。

〔背着书包的郑小飞跟着高克谦，也凑上来。

郑小飞　　（读字）义香居，可真气派啊！这里好像有阴谋，我得留好证据。（跑下）

〔义香居饭店内，拉伯黎和刘廷元大吃大喝。

刘廷元　　拉伯黎大人，我先敬您一杯酒，感谢您对我的信任！

拉伯黎　　好，好，干杯！刘，你是聪明人，这个会长你知道该怎么干。

刘廷元　　哎，知道知道，谢谢拉伯黎大人。（从口袋拿清单）这是这次从山西寿阳拉的一车皮粮食的清单和账目……

拉伯黎　　不急不急，酒足饭饱后，我们再谈工作。

刘廷元　　好的好的，我再敬您一杯。

拉伯黎　　干杯！又香又醇，这可真是好酒啊！（八哥：好酒，好酒）

刘廷元　　这是这次去山西买米时，我专程去了一趟汾酒窖，为您拉回来几坛上等的老白汾酒。

拉伯黎　　好！你们中国地大物博，宝贝太多了，我很喜欢这里，不然我也不会跋山涉水地跑到你们这里来做生意。

刘廷元　　是啊是啊，多亏了您，中国才有了正太铁路，您是在帮助我们进步。

拉伯黎　哈哈哈，刘，你的话，我爱听！

（唱）小时候最爱读马可·波罗，

对中国心怀向往与执着。

中国是五千年文明古国，

有着辉煌历史物产丰博。

可惜啊，

清朝时变成了文明荒漠，

如一只井底蛙闭关锁国。

我到中国来工作，

至今已有十年多，

一会儿是皇帝，一会儿是总统，

一会儿义和团，一会儿军阀混战把地盘夺。

我打你，你打我，

中国好似迷失航向的一艘巨舶。

东方文明已是强弩之末，

西方文明才能引导中国绝境挣脱。

刘廷元　大人说的是。

拉伯黎　（拿了一杯酒，走到八哥笼）刘，你知道你们的邻国日本为什么没有被占领吗？

刘廷元　大人，我孤陋寡闻。

拉伯黎　中国有句古话，"识时务者为俊杰"，当荷兰的船只开到日本神户港时，日本天皇主动打开国门，几乎是鼓着掌来迎接。他们说日本只是一区区岛国，没有什么可以贡献，但是愿意和我们结成亲密的朋友，很识时务。

刘廷元　原来是这样。

拉伯黎　但是你们中国人不一样,你们的性格里有一种很难征服的东西,所以,我们只能使用一些非常规的手段,来跟你们合作。

八哥鸟　合作,合作!

刘廷元　是。

拉伯黎　刘,像你这样善解人意的人再多一些就好了。大部分中国人都很难缠,如果都像这只八哥鸟,我们就少了很多麻烦——
(唱)金丝笼八哥鸟曲不离口,
想吃吃想睡睡日夜无忧。
多自在多快活多么富有,
油亮亮金灿灿赛过斑鸠。

刘廷元　是,八哥最听话,你让它唱它就唱,你让唱它停它就停。

拉伯黎　哈哈哈,刘,你是个聪明人。这次运粮,怎么样?

刘廷元　这次,每买一百袋粮白送两袋,我们一共要了两千袋粮,就白给了四十袋米面。价格因为我们是老客户，每袋又给我们便宜了一毛钱，我们再向工人收上我们跑腿的店钱、饭钱、麻袋钱一袋三毛，这样一袋就可以挣四毛钱，两千袋就是八百块钱。加上四十袋的粮钱，一共是九百块，都从工人这个月的薪水中扣除出来了。

拉伯黎　嗯，办得不错，（从纸币中抽出两张）这是给你的酒钱。

刘廷元　（双手接过）哎，谢谢大人！

拉伯黎　下次，是不是可以从工资里再扣点儿搬运费什么的。

刘廷元　是，那就一袋再多扣五分钱。

拉伯黎　五分太少，扣一毛。

刘廷元　这……会不会有点儿多？

拉伯黎　刘，照我说的办，好好干，我不会亏待你。

刘廷元　是，大人！

拉伯黎　只是……

刘廷元　只是什么？

拉伯黎　这个高克谦，很难对付。

刘廷元　是啊高克谦，年纪虽不大，倒很会鼓动人。

拉伯黎　如果能（把它也变成八哥鸟）让他为我们工作，岂不是很好？

刘廷元　大人，这恐怕是难啊。

拉伯黎　我想，是人就有弱点……是人就喜欢钱。（八哥：喜欢钱，喜欢钱）

刘廷元　那倒也是？

〔高克谦听到这一切，明白了他们暗中勾结，贪污了工人们的钱，还吃喝享乐。暗转。

儿　　童　（数来宝）刘廷元，心不善。

寿阳县，买米面。

　　　　义香居，去吃饭。

　　　　吃了饭，把心变。

　　　〔启光。工厂大门口和外工会办公地，挂标牌"正太铁路总工会"，高克谦正在里面忙碌着裁纸、写条幅标语："还我米钱""严惩工贼刘廷元""取缔'鸟笼'工会"等。

　　　〔工人们纷纷扛着、提着粮袋上。

工人甲　克谦快出来，看看这可怎么办，唉——

　　　　（唱）大米吃完肚子胀，

　　　　　　　肯定都是陈年粮。

工人乙　白面一股哈喇味，

　　　　　蒸馍一点儿也不香。

工人丙　老婆整晚吵又嚷，

　　　　　日日做工饿肚肠。

工人丁　花钱买米上了当，

　　　　　谁人能来把我帮？

四人合　谁人能把我们帮？

高克谦　大家先别急！（拿过粮食仔细翻看，发现确实有问题）我看咱们的标语，要再加一条——"收回陈粮，还我米钱"！

工人甲　对！就是这条，"收回陈粮，还我米钱"！

　　　〔高克谦拿笔写"收回陈粮，还我米钱"。然后分标语，边分边唱。

高克谦　工友们，

　　　　（唱）洋人买米把钱赚，

　　　　　　　贪污米钱九百元。

　　　　　　　鱼肉工人会盘算，

　　　　　　　吃喝都是咱工钱。

研究会当"鸟笼"心甘情愿，
养肥了八哥会长刘廷元。
他们密谋下月更要"好好干"，
多扣钱还要把咱们来欺瞒。
工友们哪，
我们的死活洋人不管，
他们要的是中国江山。
我们不能再屈辱受骗，
我们不能再丧失尊严。
为正义而战，
为自主宣言。
把"鸟笼"打烂，
夺回买米权！

众人合 好！

（唱）把"鸟笼"打烂，
夺回买米权！

高克谦 （呼喊）把"鸟笼"打烂，夺回买米权！

众工人 （呼喊）把"鸟笼"打烂，夺回买米权！

〔刘廷元上。

刘廷元 怎么回事啊？这都几点啦？不上工都在这儿吵吵啥呢？

高克谦 怎么回事？你先说说这是怎么回事？（指粮袋）都发霉了，还卖给大伙儿，你安的什么心？

刘廷元 这……

工人甲 这什么这，我……我真想揍你！

刘廷元 （躲）哎哎哎，二柱子，你可别胡来！

高克谦 刘廷元，粮食是怎么回事？

刘廷元　运粮路途遥远，路上又下大雨，有粮食淋湿了，发霉也是正常的。

高克谦　正常？路上不过一天时间，下雨淋一下就发霉了？鬼才信你。我再问你，那每一百袋粮多给的两袋粮食去哪儿了？你带的二十坛老白汾酒的酒钱从哪儿出的？你多扣了工人九百块钱，都是正常的吗？

刘廷元　（纳闷儿他怎么知道的这么详细，想狡辩）高克谦，你不要血口喷人！你讲这些话，要拿出证据。

高克谦　证据？我亲耳所听，亲眼所见！

刘廷元　你，你……胡说！

高克谦　谁胡说？你还是个男人吗？敢做不敢当！

刘廷元　你有证据吗？没有证据，我要告你诬陷！

高克谦　你——

刘廷元　没有证据，就是诬陷！大伙儿说说，是不是啊？

众　人　（不知所措）是啊，没有证据啊。

　　　　〔郑小飞上。

郑小飞　我有证据！

刘廷元　你是谁？穿着如此奇怪？

郑小飞　你别管我是谁，证据在此。（拿出智能手机来）

刘廷元　这……这是什么东西？

郑小飞　你马上就知道了。（按键播放，给大家看视频）

画外音　"这次，每买一百袋粮白送两袋，我们一共要了两千袋粮，就白给了四十袋，米面都是这样。价格因为我们是老客户，每袋又给我们便宜了一毛钱，我们再向工人收上我们跑腿的店钱、饭钱、麻袋钱一袋三毛，这样一袋就可以挣四毛钱，两千袋就是八百块钱……"

刘廷元 （有点儿蒙）这是什么鬼东西？这……（想溜）

高克谦 （挡住刘廷元）慢着！

郑小飞 大家都看到了吧？铁证如山！

高克谦 对！大家都看到了吧？

众　人 （七嘴八舌说：）"这也太缺德了""工资本来就低，还想法克扣""他们把咱们的钱都私吞了""为洋人服务，不管大伙儿"！

高克谦 刘廷元，你甘当洋人的八哥，你还是不是中国人？

众人合 你还是不是中国人？

高克谦 你卖给我们发霉的粮食，不管工友们的死活，你还有没有点儿良心？

众人合 你还有没有良心？

高克谦 这可都是跟你一起长大的发小儿、伙伴儿，这粮食要养一大家子人哪，你还有脸面对大伙儿吗？

众人合 你还有脸吗？还有脸吗？还有脸吗？

刘廷元 你们……别说了！（蹲下，用手捂住了脸）我……也有难处。

众　人 （七嘴八舌说：）"谁没难处？""谁家日子好过？""有难处也不能坑别人啊"

〔拉伯黎上。

拉伯黎 怎么回事，刘？大兴纱厂的人找来，说工人不上工，布匹运不出去，要退运费。

高克谦 那就给人退钱吧。

刘廷元 总办大人，大伙儿说这次的粮食有问题。

拉伯黎 有什么问题？高克谦，又是你在闹事！

高克谦 拉伯黎，你们做了多少黑心事？！我代表工人向正太铁路局提出要求：一、这次的米钱如数退还给工人；二、今天在场

　　　　　的所有工人，不能开除，不能降级，不能扣工资。三、解除研究会每月的买米权，将此权交给传习所，车皮照批，一切保障照旧！

拉伯黎 这不可能！

高克谦 哪条不可能？

拉伯黎 哪条都不可能！第一，这次的米面，我不认为有问题，你们都拿回来，我来找专业机构做鉴定，之后再看怎么办。第二，是否对工人开除、降级，这是铁路局的权力，任何人不得干涉。第三，正太铁路研究会，是我们认可的工人组织，你这个传习所，只是研究会的下属，没有单独提要求的权利！

高克谦 工人组织的权利，不是资本家说了算的，工会永远属于工人，工人说了算，大家说，对不对？

众人合 对！工会属于工人！工人说了算！

高克谦 大家说，要不要收回买米权？

众人合 收回买米权！收回买米权！收回买米权！买米权给传习所！买米权给传习所！买米权给传习所！（众人越喊越激动）

高克谦 不解决问题，决不上工！

众人合 不解决问题，决不上工！不解决问题，决不上工！不解决问题，决不上工！

　　　　　〔众人造型定格。拉伯黎和刘廷元走出合计。高克谦走到桌边写买米权协议。

拉伯黎 刘，你说怎么办？

　　　　　（唱）机车停摆运输断，
　　　　　　　　一日损失数万元。

刘廷元 （唱）工人合伙齐捣乱，
　　　　　　　　他们想要买米权。

拉伯黎　（唱）怎么办？怎么办？

　　　　　　怎么办？怎么办？

　　　　　（说）就给他们买米权！

刘廷元　啊？！

拉伯黎　（唱）开工之急不容缓，

　　　　　　下月找茬再推翻。

刘廷元　大人，不能这么办。

　　　　〔后面众工友高喊："还我买米权！还我买米权！"

拉伯黎　就这么办！

刘廷元　大人……

拉伯黎　不要再说了！

刘廷元　大人……

　　　　〔拉伯黎走回原位。高克谦写完了协议。

拉伯黎　高，我同意，买米权就给传习所！

众　人　（欢呼，纷纷说）太好了！太好了！

高克谦　（示意大家安静，向拉伯黎）这是买米权转给传习所的协议，一、正太铁路工人买米面的代购权，即日起转由传习所办理；二、铁路局保证每月提供免费车皮一辆运输粮食；三、这次的米钱，如数退还给工人；四、今天在场的所有工人，不得开除、降级、扣工资，不得伺机打击报复。请你签字！

拉伯黎　这……

高克谦　请签字！

众　人　（齐）签，快签！

郑小飞　就是，快签！（递笔）

拉伯黎　（像看天外来客一般看着郑小飞，接笔签字，后将笔摔地上）哼——

〔定格。切光。

〔转场。

第四场　情与钱

时间　1925年7月　买米斗争次月某日下午
地点　正太铁路总工会

高克谦　（写信）尊敬的北方区委领导，6月29日，石家庄正太铁路工人召开选举大会，由高克谦主持。从八个厂选出工人代表十八人，候补一人，传习所又公开恢复成为正太铁路总工会。本月已从山西代工友们买了便宜米面，大家反响很好，还便宜了三毛钱。

〔刘招娣拿着高克谦的书包上。

刘招娣　高克谦——

高克谦　是你，快请进。你找我？

刘招娣　你的书包。

高克谦　哦，谢谢你。

刘招娣　不客气。

高克谦　（不好意思地）我还不知道你叫什么名字？

刘招娣　我叫刘招娣，是女师的。

高克谦　刘招娣同学，你好！

刘招娣　你好你好。高克谦，你可是一战成名！在沪案后援会成立大会上的演讲，十分精彩，感动得来镇压的警察们都捐款了！现在，我们女师人人都知道你。

高克谦　嘿嘿嘿，警察也是人，中国人。

刘招娣　你那天被大伙儿扔来扔去的，书包都掉了。我一直想把书包

　　　　　还给你，可是在学校没见到你。

高克谦　哦，沪案后援会成立后，组织就把我从七中调到正太铁路总工会来工作了，这里实在是缺人手了。

刘招娣　缺人手？那我能帮上忙吗？

高克谦　好啊，会刻蜡版吗？

刘招娣　我，没刻过……

高克谦　没关系，我来教你。这是蜡纸，这个尖的是铁笔，稍用点儿力，在蜡纸上就能写出字来，你看。

刘招娣　哦，这么简单呢，我试试。刻什么呢？

高克谦　（拿出《新青年》）这是最新一期的《新青年》，北京大学成立了马克思主义研究会，《新青年》出了一期专刊，系统介绍了马克思主义，我们买不到那么多书，我就想把这部分……还有这部分，刻印出来发给大家。

刘招娣　（读）我的马克思主义观，李大钊……

高克谦　对，就是这篇，你刻，我印，这样能快许多。

刘招娣　好。

〔刘招娣坐到桌前刻蜡版，高克谦走到油印机前，刷滚印刷。

画外唱　（唱）蜡纸走铁笔，

　　　　　字字如珠玑。

　　　　　墨香沁心脾，

　　　　　依依日落西。

郑小飞　哎哎哎，停停停！你们两个人，一个写啊写，一个印啊印，我期盼的爱情呢？你们俩就不觉得该发生点儿什么吗？

刘招娣　啊？该发生点儿什么？

高克谦　是啊，该发生点儿什么？

郑小飞　得，这……嘿——你们继续，写吧写吧，印吧印吧！真没劲。

（郑小飞无聊下场）

刘招娣 （扑哧笑了）

〔二人继续干活中，月牙悄悄升起。两人忽然同时停下手中的工作，抬头看了对方一眼，有一丝羞怯，又似乎有一股不可抗拒的力量，将二人拉着走向一起。

画外唱 （唱）蜡纸走铁笔，

字字如珠玑。

墨香沁心脾，

依依日落西。

〔双方在朦胧的爱意中越走越近正要拥抱时，郑小飞端着一笼烧卖上。

郑小飞 烧麦来喽——哎哎哎，干了这么半天，你们都饿了吧？尝尝咱的王家烧卖。

〔二人急忙分开。

郑小飞 哎哟，你们这是？嘿，我期盼许久的爱情，让我自己给搅了。不好意思，不好意思，我下去再待会儿。（欲走）

高克谦 别走！

郑小飞 啊？

高克谦 烧卖留下。

郑小飞 哎——（把烧卖放桌上，站一边看着）

高克谦 走啊！

郑小飞 我跑了大老远的，也饿着呢。

刘招娣 一块儿吃吧？

郑小飞 哎。

高克谦 真一块儿吃啊？

郑小飞 （拿了两个烧卖）我才不当电灯泡呢。（跑下）

二　人　（相视一笑）

高克谦　看到这月色，这星光，让我想起了宗白华先生的一首诗——

刘招娣　什么诗？

高克谦　我们并立天河下，人间已落沉睡里。天上的双星，映在我们俩心里。我们握着手，看着天，不语——
（唱）双星脉脉映心里，
　　　月光皎皎照情怡。

刘招娣　（唱）握手看天两不语，
　　　微微颤抖穿透衣。
〔二人正在脉脉含情时，刘廷元上。

刘廷元　有人吗？高秘书在吗？
〔高克谦和刘招娣又急忙分开。

刘廷元　（意外地）招娣？你怎么在这儿？

刘招娣　爸，我来还书包。

刘廷元　哦哦，好啊，好啊。（看出两个人之间有意思）

高克谦　他是你爹？

刘招娣　是啊，生我养我的——亲爹。

高克谦　噢，是这样……（向刘廷元）你找我有事吗？

刘廷元　是有点儿事，有点儿事。招娣，你先回家！

刘招娣　这……

高克谦　先回去吧！

刘招娣　好吧，我先走了。
〔刘招娣下。

刘廷元　哈哈哈哈，我们坐下说话。

高克谦　你坐吧，我站着。

刘廷元　（不知所措）要不还是你坐，我站着。

高克谦 好！（高克谦威严坐下）

刘廷元 哈哈哈哈，克谦哪，是这样的，拉伯黎总办——

高克谦 （纠正）拉伯黎。

刘廷元 哦哦，拉伯黎说，你有文化、有才干，在工人当中很有威信，他很赏识你。你到正太铁路工会来工作，也没给你接风洗尘，这三百块钱就算是给你的见面礼，请你以后多关照。

高克谦 哼，你们想收买我？

刘廷元 若是不够，我可以再向总办大人申请。

高克谦 当然不够，远远不够，他欠大伙儿的太多了——

（唱）去年老崔搬货腿砸断，

他只给医药费三块钱。

误工费营养费全不管，

老崔全家人命一线悬。

刘廷元 这……

高克谦 （唱）年初柱子他娘患哮喘，

想要回上工押金五十元，

拉伯黎百般狡赖加蒙骗，

老人无钱医治命丧黄泉。

这一段段血泪仇，一笔笔良心债，

我等着他一点一点往回还！

这钱我收了，我给你写字条！

刘廷元 字条？哎哎哎——这可不行！

高克谦 怎么不行？这还远远不够呢——

（唱）把榨的油水还回来！

把工人血汗还回来！

把正太铁路还回来！

把强占的土地统统还回来！

〔高克谦愤怒地把收条扔出去。刘廷元灰溜溜地捡起来，下。

郑小飞　真痛快！看他灰溜溜的样子，哈哈哈。

高克谦　你说，怎么就有这么没骨气的人？

郑小飞　就是！前辈，你就这么离开学校了？

高克谦　是啊，课本，老师，作业……这一切是多么美好！可惜我回不去了，大革命就要开始了！

郑小飞　大革命？太酷了！前辈，咱俩换换吧，让我也体验一下斗争的感觉！

高克谦　好！

郑小飞　我们……怎么才能互换呢？

高克谦　是啊！试试这样……

〔这一段运用戏曲程式化表演，将动作进行到底。两个人努力尝试着要互换身体，拉手、拥抱、背对背、手脚相连（一个正站，一个倒立）……都没能实现身体互换。正沮丧时，高克谦看到了郑小飞扔在地上的校服胸前别着一枚共青团徽，他摘下团徽举起来，示意郑小飞也把手放上去，就在这一瞬间，两个人身体互换了。

第五场　牺牲

时间：1925年9月

地点：警察厅审讯室

〔吕正朝和高克谦的交锋。

吕正朝　高克谦，看在你还是个孩子的份儿上，我再给你一次机会。你呀——

（唱）年方十九风华茂，

小树才冒嫩芽梢。

劝你赶紧回学校，

莫跟风来莫赶潮。

搅和的正太线鸡飞狗跳，

厂里一天到晚鬼哭狼嚎。

郑小飞　鬼哭狼嚎？哈哈哈，说得好——

（唱）谁是鬼谁是狼人皆知晓，

谁是鸡谁是狗请你仔细把镜子瞧。

吕正朝　镜子？（*旁边墙上有镜子，一照幡然醒悟*）你，你你你——

（唱）被骂鸡狗颜面尽扫，

压气恼亮底牌把他来打敲。

高克谦　我给你最后一次接受教育和转化的机会，只要你在这儿签个字，保证三天内离开石家庄，我就放了你。

郑小飞　定——你这个大坏蛋！我爱去哪儿，就去哪儿，凭什么你说了算？哎哎，慢着。（*数着手指，自言自语背历史*）1925年10月15日，浙奉战争开始，奉军兵败。1925年11月23日，奉系郭松龄倒戈，连同冯玉祥直隶起兵。1926年6月，国共合作的北伐战争开始，叶挺独立团是国民革命军的北伐先锋。1928年6月4日，奉军全线溃败，张作霖坐火车想退回沈阳途中，被炸死。

吕正朝　你嘟囔什么呢？

郑小飞　我给你好好讲一讲——

（唱）下个月奉系军阀将被赶出直隶，

两月后郭松龄要倒戈换旗。

八月后北伐战争即将开始，

　　　　　一年后北伐军将武昌占栖。
　　　　　三年后张作霖皇姑屯炸死，
　　　　　你可想知道你的小命何时归西？
吕正朝　　高克谦，你这个乌鸦嘴！胡说八道！（打郑小飞一个耳光）
郑小飞　　你敢打人？
吕正朝　　我打你怎么了？我……我还……夯人！
军警们　　有——
　　　　　〔两个军警拿着弄架和刑具上，上来就要把郑小飞往刑具架
　　　　　　上绑。
吕正朝　　上大刑——
郑小飞　　哎呀，妈呀！
　　　　　〔郑小飞吓得晕过去了
　　　　　〔高克谦上趁机把郑小飞救了下来。郑小飞黑暗中下。
吕正朝　　呵呵，害怕了吧？
高克谦　　你不用吓唬我！我吓不倒！你动手吧！
吕正朝　　高克谦——
　　　　　（唱）工人们到底对你有什么恩惠？
　　　　　　　　你这样维护他们宁死头不回？
高克谦　　（唱）工人才是真正的兄弟和姐妹，
　　　　　　　　我不能让兄弟姐妹受气吃亏。
吕正朝　　（唱）影响工厂正常生产就是犯罪！
　　　　　　　　扰乱社会公众秩序就是违规！
高克谦　　（唱）为工人伸正义我犯了什么罪？
　　　　　　　　为工人争权益我违了哪条规？
吕正朝　　这——
　　　　　（唱）我说犯罪就犯罪，

　　　　　　我说违规就违规!

高克谦　（唱）你空口只凭一张嘴,

　　　　　　身为厅长胡说乱为!

吕正朝　你——

　　　　（唱）你阴谋叛乱搞集会。

高克谦　（唱）你乱扣帽子逞官威。

吕正朝　（唱）你强结私党搅浑水。

高克谦　（唱）你袒护洋人卖国贼!

吕正朝　来人啊——

　　　　（唱）我下令即刻解散工会。

高克谦　你敢!你敢解散工会我就让你这厅长的官位——

　　　　（唱）烟灭灰飞!

吕正朝　你,你……给我打!

　　　　〔军警打高克谦。拉伯黎下场门偷上。

拉伯黎　（悄悄地）吕厅长,吕厅长。

吕正朝　（听到喊声,冲高克谦）哼,小毛崽子,我就不信打不服你!

　　　　〔吕正朝从审讯室走出会拉伯黎。

　　　　〔定点光启光。

拉伯黎　吕厅长,你好。

吕正朝　拉总办好,不知您有何贵干?

拉伯黎　厅长,您知道这个高克谦给我们正太铁路造成了多大的损失,他在多一日,我就多一日不得安宁。

吕正朝　这个毛头小子,确实不好对付。

拉伯黎　所以,想请您一定给想想办法。（递上几沓纸币,五千元）

吕正朝　（欣喜还故作镇静）哦,哦。

拉伯黎　这是五千块,买这个穷小子的命,可够?

〔此处传来工人们的震天喊声。

工人甲　释放高克谦！

工人众　释放高克谦！

工人甲　不要破坏国共合作！

工人众　不要破坏国共合作！

工人甲　不得逮捕进步学生！

工人众　不得逮捕进步学生！

吕正朝　这……您知道现在正在联共革命，他是共产党，我们警察厅也不好对他下手。

拉伯黎　（又掏出两千）再加两千，你放心，把他交给我！

吕正朝　这……

〔传来"咚咚咚"撞击警察厅大门的声音。

拉伯黎　你告诉他们，即日释放高克谦，（低声指后门）我带他从这儿走。

吕正朝　好，好！

拉伯黎　谢吕厅长。

吕正朝　（收钱，高兴看钱）呵呵呵。

〔切光。暗转。

〔1925年9月23日。石家庄郊外东里村乱坟岗。

刘廷元　高克谦，你说你，唉——你知道我为什么带你来这儿？

高克谦　（看周边都是乱坟）哼，是要杀了我吧？

刘廷元　你说对了，他们……让我杀了你！

高克谦　那就来吧！

刘廷元　但是，我想再跟你好好谈谈。

高克谦　咱俩？有啥好谈的？！

刘廷元　谈谈招娣。我家招娣喜欢你，做我的女婿，在家好好过日子，我养你们，别再管外面那些乌七八糟的事了，行不？

高克谦 你养我们？用你贪污得来的钱财吗？哼——我向往和平幸福的生活，但是，要等到一个全新的、平等的、富强的国家，要靠我们自己的双手去开辟新的天地，不是现在！

刘廷元 你就不怕死？

高克谦 死有啥可怕？像你这样苟且地活，才最可怕！

刘廷元 我可怕？我就知道，命要是没了，就啥都没了。被奴役怎样？被殖民又怎样？又不是我一个人这样活着，大家不都是这样活着吗？

高克谦 都像你这样，我们就都成了亡国奴！

刘廷元 高克谦，你这又是何苦来？——

（唱）革命不是简单事，

尊严不能当饭吃，

冒险舍命去求死，

十九年华值不值？

高克谦 （唱）高克谦，不怕死，

舍生取义为真知。

杀了区区我一个，

唤醒四万万同胞共对敌。

你动手吧！

刘廷元 你……

拉伯黎 刘，今天你若是杀不了高克谦，就别回来了！

刘招娣 （意识流）克谦，我爹说得对，只要活着，就有希望，咱们去一个谁都找不到的地方，永远不再回来行吗？咱们逃吧？

郑小飞 前辈，快跑吧！

高克谦 革命不是闹着玩，想来就来，想逃就逃。革命就是要有人流血牺牲！逃跑只能逃一时，只要这个处处腐朽黑暗的社会不变，我们又能逃向何处？只有鲜血和生命，才能让麻木的人们从沉睡中惊醒！刘廷元，你动手吧！

刘廷元　我……（不知所措）

〔刘廷元手哆嗦着举起了短刀，却砍不下去。

〔意识流中，拉伯黎逼迫他杀了高克谦。

拉伯黎　杀了他，快杀了他！杀——

高克谦　来吧！

刘廷元　这可是你逼我杀你的，是你逼我的。我杀，杀，杀——

〔他举起刀刺向高克谦，刘招娣要跟他拼命，郑小飞急得阻拦，无奈怎么都拉不住，刘廷元疯了，高克谦中刀倒地。一道红闪电劈空而下。刘廷元扔下了刀，他的双手沾满了鲜血，他受了刺激。

刘廷元　血，血，我杀人了，我杀人了，我杀人了——我的手，血，我要洗手！我要洗手，我要洗手——啊哈啊哈，哈哈哈哈——

〔瞬间电闪雷鸣，瓢泼大雨。刘廷元举着一双手在大雨中狂奔精神错乱，疯狂跑下。

〔刘招娣上。

刘招娣　（抱住高克谦）克谦，克谦，克谦——

高克谦　…………

刘招娣　克谦，你怎么样？你说话、说话啊！

高克谦　招娣，我有几句话，要跟你说……

刘招娣　你说，你说。

高克谦　招娣，别哭——

　　　　（唱）高克谦入党宣誓那一瞬，

时刻准备为革命献青春。

曾记得小时候——

太行山中挖蚯蚓，

滹沱河边嬉水禽。

（转板）

心牵牵情念念却留遗恨，

只抱憾革命事尚未完成。

我的死可激起万千民愤，

我的死可唤醒同胞亲人。

自己的路只能依靠自己奔，

共产主义引领咱们把路寻。

待那时红旗飞舞秋风劲，

燃香告慰克谦一缕忠魂。

招娣，不要怪你爹，要怪就怪这个黑暗的社会……只是，我辜负了你对我的这份情，假如来生有缘，咱们、咱们再……

（咽气）

刘招娣　克——谦——（长号，放大回声）

〔主题曲：结束曲《绘青春》起。

滹沱母亲哟，奔腾不息地流，

血色河水哟，泛红一叶叶舟。

太行父亲哟，顶天立地地走，

血色风华哟，染红一道道沟。

母亲拉起我的手，

父亲抚摸我的头，

我用青春作画笔，

绘出滹沱太行那一季的秋。

〔高克谦牺牲了，刘招娣背上了高克谦的书包，重新站起。
〔定格。切光。

尾　　声

时间：2022 年

地点：正定中学

〔郑小飞急上，寻找高克谦，但二人已经消失，只留下一道空光。

画外唱　（唱）你十九，我十九，相隔有多久？

你青春，我青春，泪眼对青丘。

你十九，我十九，握紧一双手，

你青春，我青春，共一缕乡愁。

郑小飞　前辈，前辈——（急切追上，焦急寻找，发现舞台中间的高克谦已经消失，只余下一道空光。随着光柱慢慢消失，郑小飞意识到高克谦已经牺牲了，逐渐转回现实）前辈，如今的正中校园里到处都是琅琅书声，您能听到吗？每天都有千百个同学从您身旁经过，笑着、跑着，您能看到吗？每周一都有升旗仪式，那是新中国的五星红旗，是血的颜色，上面就有您青春的热血！国歌是《义勇军进行曲》，我给您唱唱——（唱）"起来，不愿作奴隶的人们，把我们的血肉筑成我们新的长城"，没有您用血肉筑起的新的长城，就没有我们的今天！前辈，向您致敬！向无数为革命奉献出青春热血的生命，致敬——

〔同学们慢慢上，分组站位。

同学众　（唱）前进，前进，前进进！

〔音乐起。

画外唱　（唱）太行父亲哟，顶天立地地走，

滹沱母亲哟，奔腾不息地流。

母亲拉紧我的手，

父亲抚摸我的头，

我用青春作画笔，

绘出滹沱太行那一季的秋。

〔高克谦的雕像赫然立在校园一角，依然如昨。

〔音乐中，一屏一屏播放，烈士照片＋文字。

〔全剧终。